19금 wxy

박삼교희 소설집

19금 WXY

박삼교희 지음

발행처 · 도서출판 청어
발행인 · 이영철
영　업 · 이동호
기　획 · 최윤영 | 김홍순
편　집 · 김영신 | 방세화
디자인 · 김바라 | 오주연
제작부장 · 공병한
인　쇄 · 두리터

등　록 · 1999년 5월 3일(제22-1541호)

1판 1쇄 발행 · 2013년 2월 10일
1판 2쇄 발행 · 2013년 4월 10일

주소 · 서울시 서초구 서초동 1595-10 봉양빌딩 2층
대표전화 · 586-0477
팩시밀리 · 586-0478

홈페이지 · www.chungeobook.com
E-mail · ppi20@hanmail.net
ISBN · 978-89-97706-33-4 (03810)

19금

wxy

차례

성인 비디오 • 7

야한 여자 • 17

해적 • 25

두껍아 두껍아 • 31

봉침 • 37

화려한 아르바이트 • 43

창녀 • 49

애가불망 • 59

타투 • 65

태아 장례식 • 75

떡볶이 • 81

신의 선물 • 93

빈 • 97

속궁합 • 103

착한 남편 • 109

냉커피 • 117

마조히스트 • 123

매너 • 129

레슨 • 135

프러포즈 • 139

가지 • 149

수면제 • 155

위풍당당 • 165

보칼리제 • 173

그녀 • 185

물리실 • 191

삼류 • 199

레즈비언 • 205

눈물 • 215

점쟁이 아저씨 • 217

작가후기 • 224

성인 비디오

어젯밤 잠을 설친 탓인지 하루 종일 나른하고 힘들다. 게다가 하필 오늘 '유리를 닦으라'는 안주인의 '명'이 내려진 바람에 평소보다 곱절은 더 등이 휜다. 도우미 여섯이서 함께 닦는다고는 해도 집이 원체 넓은지라 감당하기 힘든 몫이다(업체에 맡기면 어디 덧나나, 돈도 많으면서……).

설거지며 해야 할 뒷일을 끝내고는 바로 2층 구석 내 방으로 기어올라 왔다. 그리고 옷도 안 벗은 채 그대로 베개에 얼굴을 묻었다.

"……음…… 으음……."

이건… 뭐지…… 한동안 잊고 지냈던 묘한 느낌이 뇌리를 핑글핑글 맴돈다. 유두가 간지러운 듯 아프고 쩍 벌어진 가슴은 마치 마사지라도 받는 듯 부드럽게 춤을 추고 휘감기며 놀아난다. 나도 모르게 몸을 비트는데, 이번에는 아랫도리에 야릇한 쾌감이 젖어든다. 본드로 붙여둔 듯 무거웠던 눈꺼풀을 치켜떴다.

"……!"

이 집의 바깥주인, 키 크고 잘생기고 능력 있고 돈 많고…… 여자라면 누구나 부러워할 남편감이라, 지난달 처음 이 집에 들어왔을 때부터 짝사랑인지 외사랑인지 모를 감정을 키우고 있었다.

"읍……."

나도 모르게 두 손으로 입을 막았다. 잘 모르거나 싫은 남자의 손이 아랫도리를 스친다면 그야말로 소리부터 지를 일이겠지만, 이건 오히려 소리가 새어나가선 안 될 일 아닌가. 아래층에 안주인이 있는데…….

팬티와 스타킹만 남겨져 있던 온몸에 소름이 돋았다. 그는 나와 눈이 마주치자 씨익 웃더니 내 스타킹을 쫘악 찢고 팬티 위의 둔덕으로 손을 가져갔다. 그리고 슬쩍 내 사타구니를 쓰다듬고는 흐물흐물하게 걸쳐져 있던 스타킹과 함께 팬티까지 싹 벗겨 내린다. ……드디어…… 나는……, 가운까지 말끔하게 걸치고 있는 그의 밑에서 실오라기 하나 걸치지 않은 살덩이가 되었다.

그가 말한다.

"다리 벌려."

시키는 대로 했다.

그는 내 양 무릎을 위로 치켜들었다. 그리고 내 아랫도리를 쳐다본다. 그러더니 이미 젖을 대로 젖어 있던 그곳에 손가락을 하나씩 둘씩 꽂아 휘젓는다. 넷, 다섯까지……. 나는 찢어지는 듯 아프고 야릇한 쾌감에 온몸을 비틀고 또 비틀 뿐……. 내 무릎 뒤가 땀범벅이 되어서야 그의 손이 밖으로 나왔고, 나는 다리를 모은 채 얼얼한 아랫도리를 감싸며 모로 누웠다.

"일어서 봐."

여전히 가운 띠조차 풀지 않은 그가 담배를 물고 침대에 걸터앉아 무심히 말한다.

"……."

휘청하며 일어섰다. 그가 시키는 대로 해야 했으니까. 나는 그의 '하녀' 이니까.

일어선 내 아랫도리를 그의 손이 살짝 스치는가 싶더니, 그의 얼굴에 약간의 난감함과 묘한 웃음이 마블링 된다. 그러고 보니 그의 손끝에 핏기가 조금 묻어 있다.

"내려가서 애 엄마가 잘 마시는 위스키 가져와. 아, 잔은 필요 없고."

옷을 대충 챙겨 입는데, 다시 그가 말한다.
"가운 없어? 가운만 둘러, 또 벗을 건데 뭐."

나는 안주인이 평소 즐기는 발렌타인17년을 가지고 살금살금 다시 내 방으로 올라왔다. 찬장과 안방과의 거리가 상당히 멀기는 했지만, 늘 불면증이니 뭐니 하는 안주인이 언제 또 방문을 열고 나올지 알 수 없는 일이었다. 게다가 그녀가 즐기는 술을 훔쳐서 올라가자니 뒤에서 고양이가 머리꽁지를 잡아끄는 느낌이었다.

침대에 잠시 몸을 눕혔던 듯한 그는 내가 문을 열자 벌떡 일어나더니 말했다.
"다 벗고 다시 누워."
시키는 대로 했다.
"다리 벌리고 무릎 바짝 올리고."
또 시키는 대로 했다.
그는 위스키를 따더니 내 사타구니에 꽂았다.
……이건…… 또 무슨…….
내가 황당해할 새도 없이 그는 내 골반을 간간이 잡아 흔들며 위스키 병을 아래위로 찔러댔다. 당연한 일이겠지만, 내 XX는 비싼 위스키로 찰랑찰랑 넘쳐났다. ……그렇게 잠시…… 태어나서 처음 느끼는 강렬한 수치심과 쾌감 사이를 오락가락하고 있는 내게 그가 말했다.

"……자…… 이제 일어나 봐. 아랫도리에 힘 꽉 주고. 한 방울이라도 흘리면 밤새 XX 너덜너덜해질 줄 알아."

나는 다리 사이에 위스키 병을 끼고 거의 서커스단원이라도 된 듯 몸을 요상하게 비틀어가며 힘겹게 일어섰다(아무리 힘을 준들 흘러내리는 위스키를 완전히 막을 수는 없었다). 그는 별 말 없이 천천히 위스키 병을 빼내고는 내 가랑이 사이로 흘러나오는 위스키를 병 주둥이로 조심스레 핥듯이 훑었다. 그러고는 만족한 듯 뚜껑을 닫고 병을 흔들더니 천정의 불빛에 그 투명도를 비추어 보고 있다.

……이 남자, 혹시 발기부전? 이렇듯 보도 듣도 못한 야한 짓을 하면서 어째 가운 한 장 안 벗는다지……?

슬며시 서운하고 섭섭한 생각이 머리를 스치는데, 언뜻 바닥에 꽤 흘러내린 술이 발바닥에 질척거린다.

……아, 맞다, 아까, 흘리면 '너덜너덜' 어쩌고 하더니만, 그럼…… 지금부터 본격적으로……?

하지만, 그러한 내 기대를 저버리며 그의 입에서 뜬금없는 말이 튀어나왔다.

"기념으로 그림 한 장 남길까? 지금 XX 부을 대로 부어올라 있는데."

"……."

미전까지 개최한 적이 있다는 그의 손끝에 내 다이어리와 펜이 쥐어졌다. 나는 그가 시키는 대로 침대 머리맡에 베개를 끼워 등을 기대고 두 다리는 세워 벌렸다. ……3분, ……5분…… 쓱쓱, 그다지 성의 없어 보이는 그의 그림이 완성되어 가는데, 나는 아까부터 은근히 아랫도리가 뜨근뜨끈……어릴 적부터 부끄럼을 많이 타서 지금껏 비키니도 제대로 못 입어봤는데, 그런 내게 이런 노출증이 있었던가…….

드디어 그가 내게 완성된 그림을 보여주었다. 상당히 그로테스크한 느낌…… 그 적나라함에 나는 또다시 찔끔 젖어든다.

다이어리와 펜을 침대 한쪽으로 던지더니 그가 가까이 다가왔다. 그리고 내 뜨거운 곳을 물끄러미 쳐다본다. 반사적으로 다리를 모으려는 시도는 해봤으나 결국 다시 순순히 벌릴 수밖에 없었다.

"이런. 흥건하게 젖으셨구만. 엉덩이 뒤까지 시트까지 다 흘러내렸어."

미칠 만큼 쪽팔린다. 눈을 내리깔았다.

"왜, 부끄러워? 허 참. 그래도 이렇게 얌전히, 시키는 거 잔말 없이 다 하는 여자도 처음이네. 몸 파는 X도 아닌데 말야. ……저기, 이 정도면 얼굴 조금 고쳐서 술집 나가도 좋겠구만, 왜 이리 고생하고 살아? 내가 얼굴 좀 손봐 줘?"

엄청나게 큰 종합 성형외과를 가진 그의 능력에 살짝만 기대면…… 그래, 조금 더 나은 삶을 살 수 있을지도 모른다, 아예 팔자가 바뀔지도 모른다……. 나도 모르게 고개를 끄덕였다.

"그럼, 애 엄마한테 얘기해서 여기 보름 정도 휴가… 아니, 그냥 아예 관두고 나한테 와. 알고 지내는 마담한테 숙소도 부탁해 둘 테니."

"……네."

그는 갑자기 가운을 벗으며 일어나더니 잠옷까지 훌훌 벗어던진다. 그리고 말꼬리를 바꿨다.

"이거 가여워서 내 참…… 지금 니 XX가 어떤 줄 알아? 질펀하게 젖어서 벌렁거려. 찔러달라고, 꽂아달라고, 찧어달라고, 박아달라고……."

……

완벽한 남자였다. 사이즈는 말할 것도 없고 지속력이나 테크닉도 엄청났다. 오르가슴이란, 자위의 부산물쯤으로 여겨

왔던 내게 기적이 일어났다. 남자와의 섹스에서 한꺼번에 네 번이나 오르다니…….

*

엊저녁 일로 꽤나 불편한 아랫도리 탓에 팔자걸음을 걸으며 주방보조를 하고 있는데 안주인이 나를 부른다.

그녀는 내가 엉덩이를 소파에 붙이려는 순간, 종이 한 장을 내밀었다.

"삼십 분 내로 짐 정리해서 나가 주세요."

토를 달 틈도 주지 않고, 내 얼굴에 눈 한 번 두지 않고, 그녀는 쌩하니 안방으로 들어갔다. 자리에 채 앉지도 못하고 테이블 위의 종이 한 장을 손에 쥐었다. ……! ……천만 원짜리 수표…….

집을 나왔다. 그리고 잠시 멍하니 걸었다. ……눈앞에 분식집이 보인다. 일단 좀 앉고 싶다. 분식집에 들어가 뜨거운 국수 한 그릇을 주문했다. ……주섬주섬 챙겨 넣은 가방을 열어 천만 원짜리 수표를 꺼내본다. 찢고 싶다, 버리고 싶다. ……그녀는 재벌가의 딸답게 사람 자존심 짓밟는 방법을 제대로 알고 있는 듯했다. 하지만…… 현실적인 문제를 생각하면 내가 찢어버릴 수 있는 수준의 종이가 아니다.

……기분을 달랠 만한 '꺼리' 를 만들어냈다. 하나, 지난밤 내 방에서의 일을 눈치 챈 그 순간부터 그녀는 줄곧 지옥에 있었을 것이다. 둘, 찬장에 놓인 어젯밤의 그 위스키, 그녀는 그 술을 따르고 훌쩍이며 한동안 분을 삭여야 하리라. 나는 지난밤의 흔적이 남아 있는 다이어리에 그 수표를 야무지게 꽂아 다시 가방에 넣었다. ……그래, 에로 비디오 한 편 진하게 본 셈 치자…….

주문했던 국수가 나왔다. 일단 한 젓가락. ……별로다. 그간 최고 요리사가 딸린 집에서 지낸 탓에 입맛만 고급스럽게 변한 듯하다. ……그나저나…… 그의 말처럼…… 성형을 하고 술집여인이 되고…… 그러다 재수 좋으면 연예인도 되어보고 또는 돈 많은 남자의 세컨드도 되어보고…… 한 번뿐인 삶, 그렇게 한번 불살라 버리는 것도 그리 나쁘지는 않으려나.

나는 귀 뒤로 머리카락을 넘기고 꼿꼿이 고쳐 앉아 고고하게 국수를 빨기 시작했다.

야한 여자

"얼른 벗고 빨리 물어."

……? ……뭐지? 팀장실을 지나치는데 언뜻 내 머리회로를 멈추게 하는 한 마디가 귀에 들어 왔다. 나는 본능적인 호기심으로 문틈에 귀를 가져갔다.

……어, 마침 문이 살짝 열려 있다. 방 안에는 팀장과 한 여자, 그렇게 두 사람.

"제대로 못 해? 이렇게, 이렇게, 좀 빨리. 입에 힘 좀 더 주고!"

보아하니 내가 평소에 좋아하는 유진 씨가 팀장으로부터 성추행을 당하고 있다. 나도 모르게 주먹에 힘이 들어간다. 그는 바지를 내리고 의자에 앉아 있었다. 그리고 그녀는 실오라기 꽃잎 하나 걸치지 않은 알몸으로 무릎을 꿇은 채 그의 다리 사이에 머리를 두고 있다. 그는 그녀의 머리채를 쥐어 잡고 이리저리 흔들다가 그래도 성에 차지 않는지 그녀의 머리를 툭 내리치며 일어섰다. 그리고 말했다.

"엎드려."

에이 씨, 저 XX가…… 문을 차고 들어가 판을 깨주려는데, 잠깐만. 근데 좀 이상하다. 그녀는 단 한마디의 토도 달지 않고 시키는 대로 고분고분 몸을 움직인다(아니, 그가 원하는 걸 미리 다 알고 움직인다고 해야 하나). 책상에 두 손을 두고 엎드려 엉덩이를 뒤로 빼고 다리를 벌리고…….

……어쩌지, 이걸 가만 둬야 하나, 말려야 하나. 그녀가 암말 않고 있는 걸 보면 사귀는 관계인 것 같기도 하고…….

다음 순간, 팀장은 그녀의 엉덩이 사이 아랫도리로 페니스를 삽입하고 격렬한 섹스를 시작했다. 그녀의 입에서는 중간중간 고양이 소리가 새어나온다.

팀장이 먼저 밖으로 나간 후 그녀가 대충 옷을 챙겨 입기를 기다려, 팀장실로 들어섰다.

흠칫, 놀라는 그녀에게 물었다.

"팀장이랑 커플이에요?"

"아뇨……."

"그럼…… 신고해야죠. 이 방에 CCTV가 어디……."

방 이쪽저쪽을 살피는 내게 그녀가 의외의 말을 던진다.

"괜찮아요. 나도 즐기는 부분이 있으니까."

"……?"

"신고니 뭐니 어려운 말 말고 지금 나랑 한 번 할래요?"

"……!"

"많이 빳빳해져 있죠? 나도 아직 많이 젖어 있는데……."

나는 대답할 새도 없이 문부터 잠그고 서둘러 허리띠를 풀었다.

……

*

나중에 알고 보니 그녀는 거의 모든 동료직원과 관계를 가진, 오는 남자 마다 않는 자유분방한 성격의 여자였다.

*

오늘도 그녀가 유도하는 야하디야한 섹스를 마치고 일어나는데, 그녀가 한마디 툭 던진다.

"나, 누드모델 되고픈데."

"뭐? 누드?"

"응. 사진모델. 잡지사에서 이번 달 특집으로 공모했더라구. 남자들 앞에서 이런저런 포즈 취해주는…… 같이 가줄래? 섹스장면은 당신이랑 찍고 싶으니까."

"……."

"걱정 마. 당신 얼굴은 안 나오게 하면 되잖아."

*

새로 지은 모텔의 넓은 스위트룸에서 누드모델로 발탁된 5명과 구형 카메라를 각기 손에 든 남자들 수십 명이 빽빽하게 왔다 갔다 하며 찍고 또 찍어댄다. 그녀는 남자들이 요구하는 대로 다리를 벌리고 엎드리고 엉덩이를 벌리고 웃음을 보이고 정말 진상이었다. 그러다 시간이 다 되어갈 때쯤 그녀가 한 가지 제안을 했다. 나랑 애널섹스 하는 것을 찍어달라고, 애널에 사정하고 페니스를 뺐을 때 자신의 애널에서 몽글몽글 올라오는 하얀 정액을 꼭 한번 보고 싶다고. 다른 여자도 한 명 그러고자 해서 서로 상부상조, 실제 그대로의 모습을 보게 되었다.

……결국 나는 남자들의 플래시를 받으며 그녀와 애널섹스를 했고, 사정 후 그녀의 애널에서 올라오는 내 정액을 보았다. 발그거무스름한 그녀의 애널에서 빠끔빠끔 오르는 내 정액, ……이건…… 참으로 그로테스크한 것이었다. 그녀는 내 스마트폰으로 찍힌 동영상에 아주 흡족한 표정을 지었다.

그리고 내게 말했다.

"어서 핥아줘. 흐르기 전에. 당신 거잖아……."

화장실 바닥에 쪼그리고 앉아 엉치에 힘을 빼고 오줌을 쫄쫄 싸는 장면을 찍는 것으로 마무리를 하고, 그녀는 비싼 아르바이트비를 챙기며 행복해했다. 그녀에게는 말 그대로 취미와 실익을 겸한 하루였다.

*

그녀는 참으로 기묘한 여자다. 웬만한 여자는 도리질을 할 만한 짓들만 골라서 즐긴다. 나는 그녀 덕분에 트리플, 그러니까, 남자 하나를 더 끼워서도 해보고 여자 하나를 더 끼워서도 해보고 사람들 앞에서도 해보고 갖가지 섹스를 거의 다 경험하고 누려봤다.

문제는 스와핑이었다. 하필 옆방에 배치되어 바로 옆방에 들어간 그녀의 존재에, 발기도 제대로 되지 않는 나와는 달리 그녀는 평소처럼, 아니, 더 크게 소리를 내며 쾌감을 누렸다. 게다가 그 상대는 커다란 미군이었다. 그것도 내가 이유 없이 쪼그라드는 한 이유였다.

그녀가 또 기막힌 소리를 한다, 하룻밤도 지옥이었는데.

"나, 당신 보는 앞에서 그 미군이랑 한 번 더 해보고 싶은데…… 담엔 군복 입고 오기로 약속했거든. 어때, 재미있을 것 같지 않아? 맞다, 그 와이프도 같이 오면 더 좋겠네. 참, 그 와이프는 어땠어? 좋디? 가슴 무지 크더니만."

……숨이…… 막힌다…….

19금 WXY

해적

오늘은 그이와의 데이트. 엊그제 새로 산 옷이랑 구두로 한껏 멋을 내고 머리도 미용실에 들러 귀엽게 틀어 올렸다. 조금이라도 빨리 보고 싶은 마음에 약속시간보다 훨씬 일찍 도착해버렸다.

*

……아직도 안 온다. 하긴 약속시간이 되려면 20분이나 남았다. 잠시 휴대폰으로 그와 나, 우리의 사진들을 펼쳐보다가 자리에서 일어났다. 시간 있을 때 화장실 한 번 더 다녀와 두는 게 나을 것 같아서(결벽증이 있는 나는, 외출 시 화장실 다니는 일이 참으로 번거롭고 시간이 걸린다. 아무리 다시 손을 씻을 거라고는 하지만, 손잡이며 변기꼭지며 만져야 할 때는 무조건 손가락에 휴지를 끼워서 만지고, 볼일을 볼 때는 휴지를 두세 겹으로 뜯어서 변기에 얌전히 깔고 엉덩이는 살짝 끝만 걸친 채 상당히 어려운 자세로 볼일을 보니까), 또한 그렇게 화장실에 오래 머물면

아무래도 상대에게 조금 민망한 상상을 하게 만들 수도 있는 지라…….

……? 어째 여긴 화장실이 꼭 미로 같다. 흑거울이 삼면으로 붙어 있어 어지럽기도 하고, 침대만 하나 있으면 딱하니 모텔이네……. 그나저나 화장실 인테리어를 뭐 이리 야하게 해놨지? 얼핏 보이는 화장실 안도 까맣게 반들거리는 대리석으로 꽤나 길게 설계되어 있다. 춤추는 손님들 옷 갈아입을 것을 배려한 건가? 입술을 쫑알거리며 거울 앞에 잠깐 서서 머리를 만진다. 그리고 화장실에 들어가 손가락에 휴지를 끼워 문을 잠그고 변기에 휴지를 깔고 있는데, 뭔가 번득이는 생기가 느껴졌다. 고개를 돌리니 해적 같은 남자(낡은 청바지에 딱 붙는 티셔츠, 웨이브 있는 긴 머리에 목걸이가 주렁주렁……)가 구석에서 팔짱을 낀 채 다리를 꼬고 서 있다. ……헉! 하니 놀랐다가, 다음 순간 ……후우…… 한숨을 쉬었다. ……뭐 그냥 인테리어의 일부겠지, 밀랍 인형인가……? 하고. 그래서 다시 휴지를 깔려고 허리를 굽히는데, 그 인테리어의 일부이겠거니 했던, 해적 같은 남자가 내게 바짝 다가섰다. 어두컴컴한 화장실 조명 탓에, 생각지도 못했던 일이 닥친 것이다. 당연히 나는 거의 경기를 하며 소리를 질러댔지만 화장실은 휑하니 비어 있었고 아직 본격적인 영업시간

전이었다. 다음 순간, 그는 완력으로 내 입에다 싸하게 냄새 나는 파스를 큼직하게 붙이고 수건으로 묶었다. 그동안 나는 남아도는 두 손으로 그의 허리춤에 끼워져 있던 칼을 빼서 화장실 밖으로 던져버렸다. 내가 그것을 가지고 그를 협박하고 위해를 가한들 결국 더한 피해를 입는 건 나일 것이라는 것쯤은 많은 영화와 드라마로 습득된 지혜니까…….

해적 같은 그 남자는 내 가방에서 지갑을 빼냈다. 그리고 내가 지니고 있던 쥬얼리를 남김없이 싹 뺏었다. 그리고 중얼거린다.

"이거, 하나같이 전부 비싼 명품들이네. 가방도 가져가면 천만 원은 더 받겠어."

……허! 이 인간이 중고명품점을 하나? 어찌 이리 족집게래…….

그에게는 또 하나의 칼이 있었다. ……다음 순간, 나는 협박을 받으며 더러운 변기 트렁크를 양쪽으로 꼭 잡고 오토바이라도 타는 듯한 자세로 엎드려 그의 커다란 페니스를 받아들일 수밖에 없었다.

그런데 이상한 일이다. 내 아랫도리가 반응을 한다. 그는 아직도 별 느낌 없이 그저 피스톤운동을 하고 있는 듯한데, 나는 벌써 온몸에 소름이 돋고 처음에 질러댔던 비명과는 차원이 다른 신음소리가 새어나온다. 간간이 수축도 온다. 갑자기 나는 순한 집고양이가 되어버렸다. 시키는 대로 뭐든 해주고 싶을 만큼…….

이윽고 그와의 섹스가 아쉽게 끝났다. 그는 지퍼를 올리고, 나는 화장실 바닥에 더럽게 닿아 있는 팬티에서 두 발, 구두를 빼버리고 치마를 내렸다. 섹스를 하는 내내 그의 손가락에 쥐어 잡혔던, 예쁘게 틀어 올리고 나왔던 머리는 풀어버리고…….

바닥에 떨어진, 그에겐 관심 없을 내 잡동사니 물건들(다이어리, 화장품 파우치 등등)을 줍기 시작했다. 선물 받은 것도 있고 먼 여행지에서 사온 특이한 것도 있고 나름 의미가 있는 물건들이라 버려야 하나, 소독하고 씻어서 써야 하나 망설이면서……. 뜻밖에 그도 함께 주워주었다(언뜻언뜻 스치는 그의 얼굴이 어째 선해 보인다. 범죄형도 아닌 것 같고). ……가만. 그러고 보니 주섬주섬 주워 챙긴 소지품 넣을 곳이 마땅치 않다.

"저기, 그 가방 좀 돌려줄래요. 대신 현금으로 뽑아줄 테니."

"……현금?"

"아까 지갑엔 현금 별로 없었을 텐데. 좋잖아요, 서로."

그에게 뺏겼던 것들은 전부 다시 돌려받고, 그가 요구하는

금액의 딱 배로 그의 손에 쥐어주었다. 그리고 내 폰 번호를 적어주었다. 앞으론 그럴 일 생기면 차라리 나한테 오라고, 우리 엄마 아빠가 무지 부자니까 도움 줄 수 있을 거라고…….

저쪽에서 그이가 손을 흔들며 나타났다. 내가 방금 어떤 일을 얼마나 기분 좋게 당했는지도 모르고 느지막이 나타나 저토록 해맑게 웃으며 통통 뛰어온다.

나는 여전히 축축하고 휑한 아랫도리에 찬바람을 맞으며 반갑게 그를 맞이했다.

*

은근히 그 해적의 전화를 기다렸다. 하지만 벌써 한 달이 넘도록 연락이 없다. 내가 여자로서 영 별로였나…….

비단 그와의 섹스가 그리워서만은 아니다. 나는 내 소지품을 챙겨주던 그의 그 옆얼굴을 아직도 잊을 수가 없다. 한번 만나봤으면, 사귀어봤으면 하는 생각이 자꾸 머리를 맴돈다.

나는 요즘도…… 외로운 밤이면…… 그를, 그 순간을 생각하며 자위를 한다.

두껍아 두껍아

나는 결혼한 지 8일째에 접어든 초짜 유부남이다(중매로 만나 한 달 열흘 만에 애걸복걸 매달리다시피 한 결혼). ……그런데…… 그토록 사랑했던 아내에 대한 마음이 고단새 이토록 깡그리 사라질 수 있다는 게 신기할 따름…….

결혼 당일, 그녀는 너무 짙은 신부화장을 하고 식장에 나타났었다. 옅은 화장만으로도 충분히 예쁜데 뭐 하러 저런 분장을 하고 나왔나 싶어 영 내키지 않았다. 암튼 그럭저럭 결혼식을 마친 후 친구에게 부케를 던지고 어쩌고 설쳐대면서 눈이 가렵다며 자꾸 한쪽 눈에 손을 가져가더니, 결국 한쪽 속눈썹이 떨어져버렸고, 그걸 알아챈 그녀의 얼굴은 토마토 색깔에 가까워졌다. 나는 균형을 맞춰야 한다는 생각에 나머지 한쪽도 마저 뜯어내주었다. 그러자 그녀는, 떨어진 걸 붙여야지 오히려 붙어 있는 걸 뜯으면 어쩌냐며 짜증을 부렸다. 솔직히 내가 여자 눈썹을 언제 붙여봤어야 말이지, 뜯는 것도 진짜 눈썹 빠질까 봐 무지 신경 써서 뜯었구만서도. 어쨌거나 다시 분장실에 들어가서 양쪽 속눈썹을 붙이고 한 번 더 뽀얀 분칠을 하고 나온 그녀와 함께 이런저런 사진을 찍으며 행복하게 결혼식을 마무리했다.

*

신혼여행.

내가 먼저 씻고 나와 와인도 준비하고 침대 커버도 벗겨서 치워놓고 짐 정리도 살짝 하고…… 나름대로 세심하게 마음을 써가며 그녀의 '등장'을 기다렸다. 그런데…… 하아…… 도대체 샤워를 한 건지 안 한 건지, 그녀는 목 윗부분이 샤워부스에 들어가기 전과 전혀 달라진 게 없었다. 있다면 큼지막한 귀걸이뿐. 머리도 안 감고 세수도 안 한 것 같다. 세수하면 화장도 새로 해야 하니까 귀찮아서 그런가? 아니, 그래도 그렇지, 그 먼지 뒤집어쓴 머리며 얼굴에 물도 안 묻히고 이 깨끗한 베개를 베겠다고? 중매로 만나 교제기간이 얼마 되지 않았고 섹스도 물론 처음이다. 예뻐 보이고 싶은 마음이야 충분히 이해하고 남음이 있지만, 그래도……. 웨딩드레스 입었을 때는 그나마 분장으로 보이더니 이건 완전히 도깨비 같다.

하지만 첫날밤에 얼음을 끼얹을 수는 없나니…… 되도록 그녀의 얼굴을 보지 않고 야경에 눈을 두며 분위기 있게 와인을 나누었다. 그리고 가능한 한 많이 마셨다.

……그녀의 얼굴이 흐릿해짐과 동시에 내 급소에도 열이 올랐다. 그녀의 젖은 다리 사이에 내 힘찬 페니스를 꽂고 어질어질 첫 관계를 맺었다.

눈을 떴다. ……푸우…… 이건 아닌데…… 내가 그녀보다 그만 먼저 일어나버린 것이다. 코를 골아댄다. 간간이 이빨도 갈고 잠꼬대도 한다. 입만 벌리면 그야말로 완벽한 잠버릇. ……어쩌나…… 유난히 잠귀 밝은 내가 앞으로 이 여인과 두고두고 어찌 한 침대를…… 한숨을 푹푹 내쉬고 있자니 침대 머리맡에 놓인 뭔가가 눈에 들어온다. 가만 보아하니 렌즈, 까맣게 반질거리는 서클렌즈다. 나는 첫 선자리에서 그녀의 까맣게 빛나는, 그 커다란 두 눈망울에 마음이 끌렸었다. 그런데 그게 이 물체였다니……. 다시 한 번 한숨이 폭폭 새어나온다.

*

사흘간의 신혼여행을 마치고 집에 들어왔다.

……

함께 식사하고 함께 자고 함께 눈 뜨고…….

간간이 몸을 뒤틀고 비명을 질러대는 그녀와 속궁합만큼은 상당히 잘 맞는 듯하여 그나마 천만다행이다.

그녀는 어제도 내가 안경을 벗고 잠자리에 든 후에야 샤워를 하고 렌즈를 뺐다. 피곤할 텐데……. 맨 얼굴이 훨씬 예쁘다는 말을 몇 번이나 해줘도 도무지 믿어주질 않는다.

하긴…… 자신의 이미지를 망가뜨리는 것만큼 용기가 필요한 것도 없다. 그러니 어떤 면에서는 삼류가 일류보다 훨씬 어려울 수도 있고…….

그나저나 이 좁은 집에서 그녀가 지키고자 하는 이미지는 오로지 나를 인식한 것일 텐데. ……어쩐지 미안해진다. 앞으로 잠자리에 드는 시간을 조금 앞당겨야겠다.

19금 WXY

봉침

요 며칠 좀 피곤했던지 방광염이 온 것 같다. ……늘 조금만 피곤해도 방광염이 오락가락……. 따끔거리고 쓰리고, 아무리 싸고 또 싸도 찔끔찔끔 젖어드는 잔뇨감에 거의 미칠 지경이다.

막 산부인과로 가려는데 엄마로부터 전화가 왔다. 방광염에는 병원보다 한의원이 직방이라고, 용한 의원이 있다고, 같이 가잔다.

……그럼 그래 볼까…….

반신반의하며 엄마를 따라 한의원에 왔다. 줄줄이 늘어서 있는 환자들에게 넉살 좋은 엄마가 양해를 구했고, 난 그 덕에 원장 얼굴을 조금 더 빨리 볼 수 있었다.

"여기 올라 보세요."

늘 겪는 방광염 증상이라는 내 얘기를 듣더니, 오십은 족히 넘어 보이는 원장이 덤덤한 표정으로 옆방에 놓인 시술대 위로 나를 올렸다.

그리고 침이 수북이 꽂힌, 알코올 솜통 용기를 꺼내며 말했다.

"애기들 기어 다니는 식으로 엎드려 봐요."

"……?"

엄마와 나는 순간 눈을 마주쳤고 상당한 거부감이 일었으나, 일단은 원장 말을 따라보라는 듯한 엄마의 강렬한 눈짓에 나는 치마를 올리고 스타킹과 팬티를 내려 아랫도리와 엉덩이를 노출시켰다.

따끔, 따끔, 바기나를 주변으로 한 바퀴 뼹 돌려 찌르나 싶더니 대음순과 소음순 사이를 찌르고 애널 주변까지도 찔렀다. ……여기저기 마구 찔러대는 침에 수반되는 수치심이 방광염의 고통을 이내 가라앉히는 듯했다.

원장이 말했다.

"10분만 있어 봐요, 괜찮아질 테니."

빨리 나가고 싶은 마음뿐.

"맞아, 엄마. 벌써 아까부터 괜찮아졌었어."

"그래? 그러게 내가 뭐랬니……."

*

이틀 만에 또 방광염이 찾아온 것 같다. 그저께 그 한의사가 괘씸하기 짝이 없다. 여자의 은밀한 곳을 그토록 찔러대더니 그 효험이 고작 이틀이라니, 이번엔 혈뇨까지 섞여서…….

일단 병원에 가서 질정을 넣고 항생제를 먹고, 그리고 오는 길에 그 한의원에 들렀다. 병원 다녀오는 길이란 말은 숨기고… 따지듯 물었다.

"그저께보다 더 아프고 더 쓰려요. 피도 비치고, 미칠 것 같다구요!"

원장은 혀를 끌끌 차며 말했다.

"쯧쯧. 어제 하루 더 오란 말을 깜박했었네. 어쨌거나 그건 우리 쪽 실수니까 오늘은 우리가 서비스하죠."

"……서비스……요?"

"마침 오늘은 봉침도 똘똘한 놈들이 들어왔고, 잘됐네……."

"……봉침이요?"

"자, 우선 찜질부터 좀 할까요."

원장의 지시대로 간호사가 꽤나 큼직한 크기의, 살짝 뜨겁게 데워진 핫팩을 내 복부에 올렸다. 그리고 내가 30분 가까이 시술대에 누워 있는 동안 그는 옆방 진료실에서 다른 환자를 받았다.

드디어 내가 누워 있는 시술실로 원장이 왔다.

"자, 지난번처럼 엎드려 봐요, ……허헛. 오늘따라 요놈들이 아주 싱싱하네……."

유리병 같은 용기에 벌들이 웽웽거리며 바글바글 들어 있다.

……이게 말로만 들어본 그 봉침…… 침 하나 남기고 죽어나간다는 그 불쌍한…….

원장의 말대로 팬티를 내리고 엉덩이를 까면서 멍하니 말했다.

"……저기요, 벌은 싫어요. 일반 침으로……."

쩝. 욕이나 해주려고 들렀다가 '서비스' 인지 뭔지 하는 단어에 붙들려 또 쪽팔리는 시술을 받게 생겼다.

다시 수십 개의 침을 꽂았다. 오늘은 적외선 열기구까지 빨갛게 내 엉덩이를 비춘다.

점점 뜨거워지는 그곳을 빤히 쳐다보며 그가 물어왔다.

"……섹스, 얼마나 자주 해요?"

"음……, 그게……."

"횟수를 좀 줄여 봐요. 아님 너무 세게 박지 말라고 하든지. 지-스팟이니 뭐니 하면서 다들 세게 하는 게 좋은 줄만 아는데 그게 아니거든. 이렇게 살살 건드려만 줘도 오르가슴에 오른단 말야, 이렇게, 이렇게……."

그는 침까지 꽂힌 내 바기나에 불쑥 손가락을 넣는 무례까지, 마치 서비스인 양 범하고는 간호사에게 후처치를 지시하고 다시 원장실로 향했다.

"자, 그럼 내일도 한 번 더 오세요."

나도 모르게 입술을 딸싹거렸다.

"네, 감사합니다."

나도 참. 도대체 뭐가 고맙다는 건지…….

화려한 아르바이트

낮에는 수영강사, 저녁엔 VVIP 마사지사. 요즘 내가 하고 있는 일이다. 두어 달 전에 경영하던 레스토랑 세 개가 차례로 뒤집어지면서 갑자기 새로운 직업이 생긴 셈……. 그나마 평소 운동을 즐겨, 만들어둔 몸이 있었던 게 다행이면 다행이랄까.

오늘도 수영강습을 마치고 마사지 숍으로 왔다. 차가 밀려 조금 늦게 도착, 서둘러 옷을 갈아입는다. 삼각수영복보다 더한, 급소만 아슬아슬 가리는 유니폼을 끼워 입고 얼굴엔 화려한 반쪽가면을 썼다.

이내 문이 열리고 보송보송 하얀 가운을 두른 여인이 방에 들어왔다.

90도로 허리를 굽힌다.

"어서 오십시오. 마님."

오늘은 클레오파트라의 가면을 쓴 여인…….

"자, 여기로 엎드리시죠."

……

가운을 벗고 비키니 차림으로 움직이는 여인의 몸짓이 아주 자연스럽다. 하는 꼴을 보니 꽤나 자주 들락거린 폼이다.

……

머리, 목, 어깨를 지나 아로마오일을 듬뿍 부어가며 허리까지 내려왔다가 다시 발바닥, 발목, 종아리, 허벅지를 마사지하며 엉덩이로 올라왔다.

"……음…… 으음……."

이윽고 여자가 슬슬 몸을 꾸물거리기 시작한다. 오늘도 어김없이 플러스알파 서비스가 있어야 할 것 같다.

그러고 보니 여기 온 지 두 달이 다 되도록 단 한 명도 마사지만 받고 얌전히 돌아간 여자가 없다. 하긴 중년의 혈기 왕성한 남편들이 바람을 피우는 동안 여자들이라고 참고 살아야 한다는 법은 없으니…….

그나저나, 오늘의 이 용감한 여자는 갑자기 가면이며 비키니며 훌훌 다 벗어던지고…… 침대에 드러누워 마치 창녀인 양 나를 기다린다. ……나는 미끈거리는 아로마오일을 이용해 다시 잠깐 그녀를 애무한 후 양다리를 벌리고 바기나 구경을 했다. 무성한 털 밑으로 두툼한 대음순과 큼직하게 벌어진 소음순, 그리고 볼록한 음핵은 벌써 발기되어 있다. 색깔은 조금 검은 편…….

경험상, 이런 여자는 한 번으로 만족하기 힘든데…….

……에잇, 모르겠다.

나는 그녀의 바기나에 내 페니스를 힘껏 밀어 넣었다.

결국 나는…… 오늘의 첫손님과는 두 번, 두 번째 손님과는 한 번의 일을 치렀다. 마흔하나라는 나이에 이런 일을 매일 해나가기란 역시 힘에 부친다.

늘어지는 어깨를 하고 집으로 왔다. 불이 켜져 있다. 와이프가 와 있음이다. 나보다 13살 어린 와이프는 요즘 룸살롱 새끼마담으로 일한다. 사업이 망한 탓에 고생하는 건 나만이 아니다. 그래도 그나마 예전에 술집 경험이 있었던 여자인지라, 술집에서 건져내준 게 바로 나였던지라 조금은 덜 미안하달까.

내가 들어가도 쳐다봐주지도 않는 와이프에게 먼저 말을

걸었다.

"일찍 들어왔네. 어찌……."

"몸이 좀 안 좋아서."

"어디 아파?"

"그냥 여기저기, 몸살인가 봐."

"비타민 좋은 걸로 한 통 사올까. 참, 같이 나가자. 밥도 먹을 겸."

"됐어."

갑자기 그녀가 치마를 걷고 팬티를 내리더니 말했다.

"핥아."

그동안 바깥일 하느라 와이프한테 상당히 소홀했었다. 그게 서운했던 걸까. 아니면 오늘 어디서 스트레스라도 받은 걸까. 아니면 혹시라도 내가 마사지 일을 하는 걸 알고서 화가 난 걸까.

나는 그녀가 시키는 대로 그녀의 다리 사이에 머리를 박고 그녀의 바기나를 빨았다.

……읍, 이건……

생리 냄새. ……게다가 뭔가가 섞인, ……그래, ……이건…… 정액의 냄새…….

마담 역할이나 하고 테이블이나 좀 뛰고, 2차는 절대 안 하기로 그렇게 약속했건만, 생리 중에 2차를 끝내고 들어와서 나한테 그 섞인 물을 핥게 해? 샤워도 안 하고 뒷물도 안 치고…….

나는 와이프를 바닥에 확 끌어 눕혔다. 그리고 그녀의 바기나에 제대로 커지지도 않은 페니스를 억지로 꽂았다. 그리고 최대한 힘을 주어 오줌을 쌌다. 그녀의 더러운 질 속을 씻어낸 내 오줌이 마루에 흥건하게 번질 즈음 나는 다시 페니스를 꺼내서 나머지는 그녀의 얼굴에 뿌렸다. 너무나 급작스런 내 행동에 와이프는 기가 찬 듯 말 한 마디 제대로 없었다.

*

이혼을 했다.

지금도 여전히 풀리지 않는 궁금증…… 나 또한 돈 번다는 명목 하에 수많은 여자들과 하루에도 몇 번씩이나 관계를 가지고 있었으면서 도대체 왜 그랬던 걸까. 그리고 그녀는 또 왜 그런 요구를 했던 걸까…….

창녀

"난 당신을 정말 사랑했는데 당신은 그게 아닌 것 같네요. 우리 그만 관둬요."

"……?"

"……."

내 불륜의 상대, 그녀가 내 생일 선물을 보더니 새초롬한 표정으로 이별을 말한다.

"……무슨 소리야, 갑자기……."

"글쎄, 생일날 내놓는 선물이란 게 고작 삼사십만 원짜리 스카프 한 장이라니, 이게 말이 돼요?"

"……에이, 난 또 뭐라고……. 지금 나이가 몇인데 선물 투정으로 인연을 떡처럼 주물러? 갖고 싶은 게 있으면 뭐든 카드만 긁고 다니면 되는, 팔자 좋은 부잣집 사모님이……."

"그건 그렇게 단순하지가 않아요. ……만약 당신이 박봉에 시달리는 평범한 회사원이었다면 난 이 스카프를 정말 기쁘고 고맙게 받았을 거예요. 당신 말대로 난 지금 돈이나 물건에 어떤 아쉬움을 느끼며 살진 않으니까."

"……"

"당신은, '마음 가는 데 돈 간다'는 말도 못 들어봤어요? ……왜, 내가 언젠가 얘기한 적 있었잖아요. 남자가 여자를 정말 사랑하게 되면 연애 경비가 그 남자 생활수준이나 평소 씀씀이를 훨씬 웃돌게 되는 법이라고. 그때 당신도 고개 끄덕였던 걸로 기억하는데…… 암튼…… 결국 당신은, 와이프나 애들한테 매달 들어가는 돈은 당연한 거지만 일 년에 한 번 돌아오는 내 생일날 쓰는 돈은 아까웠던 거예요."

……그런 건 아닌데……

어쨌거나 핑계를 댔다.

"사업하다 보면 돈이 잘 안 돌아갈 때도 있잖아. 미안해. 다음 주에 돈 들어오면 다시 사줄게."

"아뇨. 됐어요…… 가족 동반으로 유럽 한 바퀴 실컷 돌고 들어온 게 언제라고 벌써 사업 타령…… 그리고 설사 당신 말대로 요즘 사업이 좀 힘들어서 그렇다 쳐요. 그래도 아마 와이프한테는 대출을 받아서든 어떻게든 꼬박꼬박 생활비 들여줄 걸요? 애들 레슨비만도 한 달에 천만 원 가까이 들어간다면서요."

그간 쓸데없는 말들을 너무 많이 했나 보다. 하지만 이대로 입 다물고 있을 수만도 없는 일, 억지를 부렸다.

"받아도 그만, 안 받아도 그만인 선물과 그 사람 평소 씀씀이의 함수관계로 상대방 마음을 평가한다? ……돈이란 게 사람을 참 졸렬하게 만드네."

"돈은 그냥 단순한 돈이 아니잖아요. 인간성이나 매너의 역할을 하기도 하고 때론 감정이나 마음이 되기도 하고……."

나도 모르게 그녀의 말에 맞장구를 쳤다.

"하긴. 연봉 계약에선 사람의 가치나 자존심이 되기도 하지."

"바로 그거예요. 난 당신한테 딱 이거, 삼사십만 원짜리 스카프 한 장 가치밖에 안 되는 여자였던 거라구요. 단순한 술친구도 아니고, 사랑한다면서 어떻게 그럴 수가 있냐구요……."

"……."

"어디 이쁜이에요? 그동안 그렇게 외국에 드나들면서도 뭐 하나 사오는 법이 없었죠."

"그거야, 요즘 세상에 일일이 선물 사들고 다니는 게 촌스럽잖아."

"그래도 그러는 게 아니죠. '매일 당신 생각나더라, 보고 싶어 죽는 줄 알았다'는 백 마디 말보다 정성 어린 선물 하나가 마음에 더 와 닿는 법이라구요. 혹시 클론의 〈초련〉이란 노래, 가사 기억나요? 그런 게 바로 사랑에 빠진 남자 마음이라니깐요!"

〈초련〉……? 난 잠시, 오래전 TV에 춤 잘 추는 두 남자가 나와서 야광봉을 정신없이 흔들어대며 '숨겨둔 비상금을 몽땅 털어서라도 예쁜 선물을 사주고 싶네' 어쩌네, 신나게 부르던 그 노래를 떠올렸다.

……하긴 ……사랑에 굶주린 여자들을 가장 꿀꿀하게 만드는 노래가 그 노래라지 아마.

잠시 후 다시 그녀가 말을 꺼냈다.

"사랑, 그거…… 눈에 보이지도 손에 잡히지도 않는 거잖아요. 귓가에 잠시 스치고 지나는 그 사랑, 그걸 잠시나마 눈으로 보고 손에 쥘 수 있는 방법이 선물 말고 또 뭐가 있어요? 남자들은 이런 여자들 마음도 모르고 속물근성 어쩌고 하지만 말예요. ……솔직히, 사랑하지 않는 사람한테서 받는 거야 물건 그 자체로 즐거울 뿐이지만 사랑하는 사람한테 받는 건 그 속에 담긴 마음 땜에 기쁜 거 아니겠어요?"

"……."

"……암튼…… 그동안은 여자 맘을 잘 모르는 남자라서, 아님 물질에 별 가치를 두지 않는 남자라서 그런 걸 거라고 좋게좋게 생각했었는데…… 이번엔 도저히 못 참겠네요. 지저분한 술집여자들이랑 할 때도 한 번에 수십만 원씩 줘야 한다던데, 매번 맨입으로 즐기면서 생일까지도 이런 식으로 때우다니 이게 어디 말이나 돼요? 결국 난 당신한테 술집여자보다도 못한 존재였……."

코너에 몰리니 막말이 나온다.

"그럼, 당신은 나한테 무슨 선물을 해왔는데?"

"난 여자잖아요. 여자가 사랑하는 사람한테 주고 싶은 거야 몸이지 뭐. 그거면 된 거 아닌가요?"

어디선가, 여자들의 이런 심리를 창녀근성이라 하는 걸 들은 적이 있다. 그렇다고 지금 그 말을 입에 올릴 수도 없고…….

"하여간…… 난 지금껏 당신처럼 인색한 남자는 본 적이 없어요."

"……."

"바람을 피우더라도 그렇게 알뜰하게 피우면 평생 피운들 살림 거덜 날 일은 없겠네요……."

나는 비아냥거리는 그녀의 말투에 어울리는 제안을 했다.

"그럼, 한 번에 100 줄게."

"그건 또 무슨 소리예요?"

"아니, 200!"

"무슨 소리냐구요?"

"창녀보다 더 나은 대우를 해주겠다구."

"미쳤어, 진짜 미쳤어!"

"치사한 남자에 유치한 여자면 딱 맞아떨어지는 궁합 아냐? 어디 함께 미쳐보자구."

"내가 원하는 건 그런 게 아니라니깐요. 왜 그리 둔하죠?"

"대체 당신이 하고 싶은 건 뭔데?"

"…… '불꽃같은 사랑' 이거나 '이별' 이거나……."

"……."

"이번 같은 불발탄이 한 번씩 사람 힘 빠지게 만들기도 하지만요."

"……후우…… 미안해…… 정말 ……그러니까 우리 …… 다시……. 아니, 차라리 와이프랑 헤어지고 올까……."

다시 뜨문뜨문 그녀의 심사를 풀어보려는 시도를 했다.

그녀가 짜증을 섞어 말한다.

"나더러 가정파괴범이 되라구요? 천만에, 싫어요. 남편이랑 헤어질 생각도 전혀 없구요."

"……."

침묵 속에 녹아 있는 나를 두고 그녀는 립스틱을 짙게 덧바르며 말했다.

"음…… 그래요, 차라리 나, 창녀 할래요. 한 번에 500, 요즘 시세가 어떤지 모르겠지만……."

귀가 번쩍 뜨인다. 그녀와의 이별을 이런 식으로라도 막을 수만 있다면…….

*

내 앞에서 창녀가 된 그녀, 요즘 스스로 창녀라는 단어에 걸맞은 행동을 한다. 오늘은 가터벨트에 노팬티로 내 사무실을 찾아왔다. 늘 드나드는 호텔들은 지겹다며 사무실에서 해보자고…….

나도 최고의 쾌감을 느꼈다. 일반 술집여자보다 훨씬 더 야하고 적나라한 그녀의 마력에 나는 점점 더 빠져간다. 수표 500을 바닥에 뿌려놓고, 발가벗은 몸으로 그것을 줍고 있는 그녀를 보니 새삼 웃음이 돈다.

사무실을 나서려다가 몇 장 더 던지니 다시 또 치마를 걷어 올리는 그녀.

나는 토실토실한 그 엉덩이를 맵게 한 대 때리며 말했다.

"사랑? 그거, 너무 복잡하게 생각하면 안 돼. 누가 그러더라, 사랑은 머리보다 엉덩이로 생각하는 게 제격이라고……."

웬일인지 그녀가 고분고분 듣고만 있다.

한 대 더 때리며 한마디 더 했다.

"……여하튼, 하나뿐인 몸인데 좀 아껴가며 살아라. 너무

헤프게 굴지 말고!"

늘 그녀 남편과의 잠자리, 그들 부부관계에 대한 질투심이 깔려 있어 나온 말이다(난 와이프랑 잠자리를 잘 안 한다, 그녀는 믿어주지 않지만)…….

그녀가 대답했다.

"당신도 참……. 어차피 죽을 몸이고, 죽으면 없어질 몸인데 아껴서 뭐해요? 그냥 마음 맞는 사람 만날 때마다 아낌없이 실컷 줘버리는 게 오히려 남는 거라구요. 그냥 마음 가는 대로, 몸 가는 대로, 신명나게 같이 뒹굴며 사는 게 좋은 거라니깐."

"혹시 남편 말고, 나 말고, 또 다른 남자라도 있는 거야?"

"바보 같긴. 있으면 내가 있다고 하겠어요? 후훗. 암튼 지금은 없어요."

"그 말은……."

"알았어요. 생기면 말할게."

"아니, 내 말은 그게 아니잖아. ……우리 계약하자."

"무슨?"

"다른 불륜 상대 안 만들기로!"

"아니. 그럴 자신은 없고, ……이러자. 계약불륜!"

"……내 참……."

화가 났다. 내 앞에서 깐족대는 창녀를 다시 소파 위로 집어던졌다. 그리고 다시 발가벗기고 고양이자세로 만들어 그녀가 엥엥대도록 두 군데를 번갈아 찔러댔다.

애가불망

욕실 청소를 하다가 유난히 짙고 굵은 음모 하나를 발견했다. 일주일 전 가방을 챙겨 이곳을 떠난 그 남자의 것이다. 그와 헤어진 후 샤워도 겨우겨우 할 만큼 기력이 없었던지라 욕실 청소도 오늘에서야 한다. 잠시…… 뻣뻣한 그의 음모를 쥐고 있자니 「애가불망」이라는 단편소설이 떠오른다. 편집증이 있는 남자의, 지나간 여자에 대한 사랑이 절절하게 묘사된 소설…….

*

……어느새 나는 그 남자 주인공의 흉내를 내고 있다. 지퍼락에 그의 흔적들을 하나둘 수집하기 시작한 것. 「애가불망」에서 그녀의 손톱이 나오고 속눈썹이 나왔다면, 내 원룸에서는 이렇게 그의 음모와 머리카락이 나왔다. 아마 겨드랑이 털도 섞여 있을 것이다.

나는, 이렇듯, 내 집에 털이란 털은 종류별로 다 떨어뜨려

놓고 지금 어디서 무엇을 하고 있을지 알 수 없는 그의 찻잔을 꺼냈다. 그리고 이번엔 어떤 연극의 흉내를 냈다. 앞에 마치 그가 앉아 있는 듯 말을 주고받는다. 자존심 때문에 차마 하지 못했던 말들을 한 마디 두 마디 하고 있자니 눈물이 떨어지고 콧물이 흐른다. 코를 팽하고 풀었더니 갑자기 머릿속이 맑아지고 '내가 지금 뭐하는 짓인가' 하는 생각이 얼핏 스친다.

……그렇다. 미친 짓이다. ……지펴락도, ……1인극도…….

*

휴대폰이 울린다. 그였다. 얼마 전 굳이 지워버린 번호, 하지만 절대 잊을 수 없는 번호. 받을까 말까 하다가 받았다. 어떤 목소리로 어떤 상황을 묘사해야 할까 아주 잠시 생각했다. 그리고 무지 밝은 목소리로 받았다.

흠, 흠.

"여보세요."

"나야, 나."

"아, 네."

"지금 통화할 수 있어?"

"……어…… 지금 친구들이랑 같이 있는데, 잠깐만요."

나는 욕실로 들어가 문을 닫았다. 정말 밖에서 친구들이랑 놀고 있는 듯, 내 목소리가 그쪽에 쩡쩡 울리도록.

"아, 됐어요. 근데 어쩐 일이세요?"

"저기 말야. 종이 쓰레기 한번 살펴봐 줄래? 중요한 계약서가 하나 없어져서…… 암만 찾아도 안 보이네."

난 또…… 피식, 웃음이 난다. 무슨 기대라도 했던 걸까……. 무심한 듯, 욕실까지 들어와 받길 잘했다.

"알았어요. 찾아보죠. 오늘은 집에 못 들어갈 것 같으니까 내일 오후쯤 연락할게요."

"저기…… 조금 급한데……."

"미안해요. 오늘 친구 생일이고, 지금 집이랑 꽤 멀거든요."

"저, 잠깐만. 그럼 내가 잠깐 들러서 찾아보면 안 될까?"

"아뇨. 우리 이제 남이잖아요. 벌써 도어락 비밀번호도 바꿨고."

아직 바꿀 생각도 못했던 비밀번호까지 들먹였다.

"……그래. 그럼 부탁해. 내일……."

전화를 끊는 나긋나긋한 그의 목소리에 다시 웃음이 났다.

그래도 내가 그리 물러터진 여자는 아니었나 보네. 내 태도에 그 인간 혹시 쇼크 받은 거 아닐까? 한참을 깔깔대는데 욕실 거울이 눈에 들어온다. 일주일째 제대로 먹은 것도 없는, 수면제에 의존하고 있는, 눈 밑의 다크서클이 팬더 같은 여자 하나가 부스스한 몰골로 서 있다. 눈가의 물기만 닦아내고 욕실을 나왔다.

방으로 들어간다. 내 책상 마지막 서랍. 그가 지금 눈 빠지게 찾고 있을 그 서류, 그리고 다른 서류 몇 장도 함께 꺼내본다. 배신에 대한, 이 정도의 응징은 있어 마땅한 일 아닐까.

나는 그 서류 몇 장을 방바닥에 휙 흩어 날려버리고 침대에 몸을 눕혔다. 그러고는 팬티 위로 손을 가져간다. 살살 쓰다듬다가 클리토리스가 부풀어 오를 때쯤 손톱 끝을 이용해 적당한 강도로 긁어주는, 내 오래된 자위법…… 팬티를 벗을 필요도 없고 번거롭게 어떤 기구를 사용할 필요도 없다. 오르가슴에도 반드시 오른다(손가락이 젖을 일도 없고 티슈로 닦아내면 그만이다). 아마도 웬만한 남자 두셋보다 더 나은 쾌감을 주는 방법일 게다.

없어진 서류를 찾느라 고생할 그 남자의 모습을 떠올리며…… 나는 이렇듯 황홀한 오르가슴을 향해 치닫고 있다.

✻

성욕 때문에 남자를 만나는 게 아님은, 그나마 아주 다행스런 일인지도 모르겠다. 적어도 밤이 외로워서 그를 떠올릴 일은 없을 테니…….

타투

매번 느끼는 바지만 폐쇄된 공간의 공기는 저 바깥 공기와 꽤나 다르다. 뭐랄까, 아늑하고 푸근하다고나 할까. 사람들은 다들 갑갑하다 하여 나갈 날짜만 손가락 꼽아가며 기다리는데, 그에 비하면 나는 좀 특이한 감성체계를 가지고 있는지도 모르겠다.

*

몇 년째 정신분열증을 앓고 있다. 가족이나 주변인들을 생각해서(병증의 특징상, 사람들을 힘들게 만드는 부분이 없지 않은지라) 오늘은 내 발로 병원 폐쇄병동으로 들어왔다. 간단히 갈아입을 속옷과 수건 두 장, 그리고 목욕용품 등을 챙겨서.

수면제를 이용하여 가족들이 독방으로 강제 입원시켰을 때에 비하면 장족의 발전이다.

메모지 한 장에 깜짝 놀란 가족들이 줄줄이 다녀가고, 꼬박 사흘을 침대에만 누워 있었다.

목구멍으로는 밥알 하나 넘어가지 않았고, 그저 우유처럼 보이는 하얀 영양 링거만 팔목에 매달고 있었다. 그러다 나흘째, 결국은 폐쇄병동의 수간호사가 억지로 미음을 내 입에 들이붓고 코를 잡았다. 살맛은 없었지만 죽기도 힘들었나 보다. 허우적, 꼴딱, 삼켜버리고 숨까지 시원스레 내쉬었으니.

*

일주일째. 오늘은 로비로 나와서 이래저래 돌아다녔다. 샤워도 하고 TV도 보고 노래방도, DVD 방도 들여다보고 레크리에이션 방도 들여다보고……. 예전과 별 달라진 점은 없다. 단지, '인권' 이란 단어를 중요시하게 되어서인지 하루에 딱 300원만큼이던 공중전화 사용이 자유롭게 되었고, 아예 자물쇠 자체가 열려 있었다…….

……!

그런데……, 내 눈을 고정시키는 한 남자가 있다. 키는 190정도 되어 보이고, 그다지 징그럽고 심한 근육질은 아니었으나 상당한 덩치였다. 몸의 크기로 충분히 짐작이 가겠지만 병원복은 그의 팔뚝과 정강이와 허리 뒷부분을 완전히 가려줄 수 없었다. 그래서 내 눈에 들어온 그의 감추기 힘든 자국들, 영화에서나 보았던 그런…… 화려한 문신, 이유 없이 사람을 쫄게 만드는 그런 문신……. 며칠을, 나도 모르게 그를 피해 다녔다. 슬쩍슬쩍 스칠 때마다 화려하고 미려한 그 문신에 눈길을 주면서.

*

"저기, 보고 싶으면 편하게 보세요."

"……?"

깜짝 놀랐다. TV 앞에, 그것도 그의 옆에 슬쩍 붙어 앉아 그의 팔을 슬금슬금 곁눈으로 보고 있었는데, 자기 팔뚝을 쓱 걷어 올리고 어깨도 좀 슬쩍 젖혀 보이고 다리까지…….

인심 좋은 남자 앞에서 나도 모르게 용기가 충만해졌다.

"음, 저, 그럼…… 조금 만져 봐도 될까요?"

남자는 씨익 웃으며 팔을 내밀었다.

그리고 나는 집게손가락 하나를 빳빳하게 세워서 살살 쓰다듬어 보았다.

오돌토돌할 줄 알았는데, 매끄럽고 부드러웠다. 아주 짙고 좁은 선이 살아 꿈틀대는 부분에서만 살짝 그 느낌이 올 정도…….

"이거, 할 때 안 아파요?"

"안 아프면 사람 아니게요."

"근데 이렇게나……"

그는 또 씨익 웃으며 도깨비의 탈이 새겨진 자기 팔뚝을 쓱쓱 긁었다.

"얼마나? 설마, 온몸?"

"맞아요. 다 했어요. 목, 손발, 옷 입었을 때 드러나는 다섯 군데만 빼고."

또 궁금해졌다. 등, 가슴, 배, 엉덩이, 다리까지, 어떤 그림일까……. 그리고 급소도 했을까…….

머뭇머뭇 물었다.

"무슨…… 일…… 해요?"

"뭐긴 뭐겠어요. 조폭이죠 뭐. 대충 짐작이 안 가시나."

문신으로 급 친해진 남자. 그는 약간의 우울증을 앓고 있다는 조직폭력배였다. 조직적으로 폭력을 행사하는 무리, 가만 풀어보면 그리 나쁜 뜻도 아니다. 그리고 우리가 흔히 생각하는, 그들이 하는 그 나쁜 짓이라는 것들도, 정치가나 재벌들이 해먹는 것보다 그리 나쁠 것도 별로 없다. 오히려 그 인간들이야말로 더더욱 조직적으로 폭력을 행사하는 무리들이 아닌가. 국민들 세금 훔쳐가고, 짜고 먹는 고스톱이나 치고, 고속도로 길 값이나 받아먹고, 또 담배나 술은 마약이 아닌 듯 태연스레 팔아먹는 그 인간들이야말로 욕을 바가지로 들어야 할 존재들인지도 모른다. 말짱한 사람 잡아 가둬뒀다가 내줄 때도 제대로 된 인사조차 할 줄 모르는 집단들, 모든 걸 자기중심적으로 생각하는 판사, 거짓말이 주무기인 변호사, 사람 의심하는 게 특기인 검사, 어떻게든 한 칸 더 올라보려고 윗선에 손 비비는 대기업 간부들, 그런 사람들을 꽤나 만나본, 그래서 그런 면면들에 아주 식상한 내게 '조폭'이라는 직업은 아주 신선하고 상쾌하게 와 닿았다. 그리고 그 집단에서, 행동대장을 맡고 있다는 말까지 들으니 함께 앉아 있는 이 자체가 아주 안전지대로 느껴진다.

청룡 사이에 예쁘게 피어 있는 꽃 한 송이를 다시 살살 만지며 물었다.

"예쁘다. 나두 이런 거, 하나만 해볼까."

"하지 마요, 후회하니까."

"왜?"

"나야 시작한 일이라 끝까지 간 거지만……."

"엉덩이에 살짝 하나만 하면 아무도 볼 일 없을 텐데 뭐."

"엉덩이가 제일 아프다는 건 알고 하시는 말씀?"

"진짜?"

"그럼요. 진짜죠."

"쩝. 그러면 어깨에 살짝……?"

난 어깨에 손을 가져가며 심각하고 진지하게 내 몸에 담아 볼 꽃 한 송이의 위치와 색상과 그 모양새를 생각했다.

"그나저나 몇 살? 난 스물하나."

"응? 갑자기 여자 나이는 왜 물어요?"

"대답하기 싫으면, 앞으로 무조건 오빠라고 부르든가."

"뭐야. 그런 게 어딨어."

남자보다 여덟 살 더 많았지만 그에게 왠지 누나라 불리기는 싫었다.

"그래, 오빠! 됐어?"

"이름은?"

"서은."

"나는 인혁. 결혼은 했고?"

언뜻 전남편의 얼굴이 스쳤다.

"……아니, 끝났어."

"그랬구나……."

"아기는?"

"없고."

……

"그럼…… 우리, ……나가서 결혼할까?"

단 몇 시간 만에 결혼에 대한 애기가 나왔다.

*

태어나서 처음으로 심장이 어느 곳에 위치했는지 알 것 같다는, 사랑이란 감정을 느껴본다는 그와, 벌써 며칠째 붙어 앉아 이런 애기 저런 애기로 수다를 떤다. 나 또한 이렇듯 며칠 만에 한 남자에게 쏠리기는 처음이다.

너무나 다른 세상을 보며 살아왔다는 걸 서로 몸으로 느끼는지…… 그는 표현했다, 엄마 아빠 잘 만나서 그다지 고생다운 고생 없이 살아온 나를, 따뜻한 베란다에서 자란 게 한눈에 보인다고. 나는 속으로 대답했다, 잡초처럼 지내온 게 온몸으로 느껴진다고.

우린 담배방으로 갔다. 그는 담배를 피울 때면 꼭 나도 함께 데려가곤 했다. 아니, 내가 늘 꼬리처럼 따라다니곤 했다. 나는 담배를 피우진 않았지만, 그와 조금이라도 떨어져 있기 싫어서 쫄쫄거렸다. 살짝 매캐한 냄새가 배어 있긴 해도 폐쇄병동의 그 어느 공간보다도 상쾌하고 차가운 공기가 드나드는 설계였다.

한참을 이런저런 애기로 시간을 죽이다 일어났다. 그리

고…… 그와 나는 누가 먼저랄 것도 없이 서로 허그를 했다. 그리고 살짝 힘을 주며 서로의 체온과 힘을 나누었다. 그런데…… 갑자기 간호사 두 명과 보호사 한 명, 그리고 레지던트 한 명이 담배방으로 들이닥쳤다. 남녀의 스킨십이 허용되지 않는 병원의 룰을 어겼다는 것이다. 하루 24시간, 병원 구석구석을 CCTV로 감시하는 인간들이 드디어 '건수'를 올린 셈이다. 우린 무슨 범죄자라도 된 듯 간통이라도 한 듯, 각자의 방에 끌려들어가 두 시간씩 팔다리를 묶여 있었다.

완전한 감옥, 인권의 사각지대…… 남녀 간에 조금이라도 감정이 드러나면 어떤 꼬투리라도 잡아서 두어 시간 묶는 구실을 만든다. 어쨌거나 규율을 어기긴 했으니 소리쳐 본들 할 말도 없고, 게다가 여기 병원장이 사촌오빠의 단짝친구다 보니, 소리가 새어나가서 좋을 일도 없고. 그저 눈만 말똥말똥 뜨고 인혁의 가슴에 잠시 안겼던 그 푹푹한 느낌, 그 따뜻한 체온에 관한 생각만 했다.

*

퇴원을 며칠 앞둔 그가 말했다.

"나, 퇴원 좀 미룰까."

"그건 또 무슨 말이야. 두목님께 혼날려구. 나가서 말이나 좀 잘 해둬. 나도 거기 가입하고 싶으니까."

*

나는 지금 인혁의 여인이자 YK조폭 여자부두목이다. 세상의 쓰레기들을 청소하느라 늘 손이 더럽다. 하지만 어깨의 꽃 문신만은 언제 봐도 아름답다.

태아 장례식

어젯밤, 친정에 가 있던 그녀로부터 연락이 왔다.

"내일 성불사로 오세요, 좀 바쁘더라도……."

울먹이는 목소리.

"왜, 무슨 일 있어?"

"……."

그녀는 말없이 전화를 끊었다. 한참이나 고개를 갸웃거리던 내 머릿속을 언뜻 스치는 한 가지. 그래, 얼마 전에 그녀는 내 아이를 가졌었고 그저께 낙태를 했었다. 장례를 치러야 한다고, 조그만 무덤에 이런저런 영유아용품들도 넣어주고 싶다고, 천당 가서 쓸 용돈도 함께 좀 넣어주려 한다고, 황당한 말들을 줄줄이 내뱉었었다.

*

태아 장례식이란 말, 들어본 적도 없었지만 어쨌거나 마음이 짠하여 오전 회의도 취소하고 사찰로 향했다(이런저런 이유를 내세워 그녀에게 낙태를 종용한 죄 많은 몸이다).

*

절 뒤의 조그만 공터에 서 있던 그녀는 나를 보자 내 목 뒤로 손을 두르며 눈물을 글썽였다.

절 팔아먹고 도망가는 주지도 있는 세상인지라 절터에서 조금 벗어난 곳으로 자리를 잡았다고 한다.

임신인 줄 알고 룰루랄라 준비했었던 배냇저고리며 침대며 옷이며 신발이며 장난감이며…… 그 위에 초음파 사진을 조심스레 내려놓는다. 그리고 통장 하나까지. 엊그제 요구했던, 내가 송금해준, 그 1억이 들어 있는 걸까. '요즘 세상에 애 하나 완전히 키워내는 데까지 얼마나 들어가는지 알기나 하냐' 는 말을 뜨문뜨문 했던 게 기억난다. ……그래, 어쩌면 우리 아이들은 벌써 그 몇 배를 까먹었는지도 모르겠다. 새삼 세상 빛도 보지 못한 내 '새끼' 가 가슴에 사무친다.

그녀의 긴 울음이 잦아드는 동안 나는, 저쪽 길가에서 담배를 피우며 줄곧 이쪽을 흘끔거리고 있던 인부를 돌려보냈다. 그리고 다시 사찰 반대편으로 흙을 파고 물건들을 옮겼다.

*

법원에서 처음 그녀를 만났다. 아주 사소한 민사조정이었는데 나는 그녀의 상대방 측 대리인이었다. 법이란 건 하나도 모르고 그저 대리인도 변호사도 없이 감정에 치우쳐 씩씩대던 예쁜 그녀를 나는 다독였고 사건도 그녀에게 유리하도록 처리했다.

그리고…… 뻔한 일. 그녀를 꼬드겨 내 여자로 만들었다. 대학도 제대로 졸업 못한 그녀에게는 사법고시를 패스한 내가 꽤나 그럴듯해 보였을지도 모르겠다. 암튼 우리는 와이프의 눈을 속여 가며 불륜을 즐겼다. 그러다가 와이프가 1년 6개월간 캐나다에 아이들 교육을 위해 나갔고, 나는 그녀를 들여서 내 빈집을 채웠다. 그녀는 와이프의 옷을 즐겨 입었다. 특히나 속옷과 잠옷. 와이프와의 침대에서 그녀의 다리를 벌리는 일은 약간의 죄책감과 함께 상당한 자극이 되었다. 그녀에게도 나에게도. 하루는 퇴근을 하고 들어갔더니 집에 걸려 있고 놓여 있던 사진들이 전부 사라지고 없었다. 물어보나마나 그녀가 치운 것. 솔직히 와이프 사진이야 언제 어디서 어떤 돌팔이한테 수술을 한 건지 한눈에 성형의 흔적을 찾을 수 있는, 보기 싫은 얼굴이지만 애들은 이쁘고 귀엽고 보고 싶은데……. '애들 사진은 몇 개 내놓지 그러냐' 는 말에 그녀는 다른 대답을 했다. '한 명 더 낳고 싶은 생각은 없냐고, 이혼하고 오면 내가 당신 아이들까지 다 소중히 키워줄 수 있다' 고……. 이미 도덕성을 상실한 나는 그녀의 말에 솔깃했다. 그리고 그리하고픈 생각이 치솟았다.

……하지만 결국 그러지 못했다. 언제부턴가 정치 욕심이 생겼고 그러려면 장인어른의 힘이 절대적으로 필요했기에…….

그런 이유로, 그녀를 임신시켜 놓고는 이런저런 변명을 늘어놓으며 '다음 기회에' 라는 약속을 남발하며 뻔뻔스레 낙태를 강권할 수밖에 없었다.

*

맨손으로 장갑도 없이 흙을 파고, 손을 거듭 씻어가며 깨끗하고 조심스레 물건을 옮기고…… 다시 또 흙을 덮고 다지고…… 그런 작업을 하면서도…… 낙태시킨 가엾은 영혼을 생각하면서도…… 머릿속에서는 자꾸만 언뜻언뜻 딴생각이 돌고 있다.

……이제 곧 와이프랑 애들이 들어오니, 그녀의 거취 문제도 상의해야 할 것이다. 그녀 입장에서는 아마도 쫓겨나는 느낌이 들 텐데 어쩌면 좋지…… 후우…… 아무래도 조금 더 큼직하고 좋은 집으로 사줘야겠다. ……가만…… 그러려면 지금 통장에 잔고가…….

떡볶이

지금껏 나는, 써도 써도 천문학적으로 불어나는 재산을 지닌 부모를 만난 덕에 거의 매일 명품 구두를 바꿔 신어가며, 어떻게든 살아보려 애쓰는 사람들을 내려 보면서, 도도하기 짝이 없게 살아왔다. 한마디로 '왕싸가지' 였다고나 할까.

근데…… 엊그제 정기검진을 받다가 기절할 만한 사실을 접하고 말았다. 암…… 암……? 내가…… 내가 암……? 그것도 여자의 자존심으로 꼽히는 가슴, 젖가슴, 유방에……?!

그나마 초기라니 다행이긴 한데, 암만 그렇지만…….

수면제도 듣지 않아 꼬박 날밤을 새우고 이윽고 병원에 입원했다.

1인실로 예약했는데 병원 사정으로 다인실, 그것도 6명이

나 바글대는 병실에 들어왔다. 엄마 아빠에게도 알리지 않았다. 알려서 걱정 끼친들 낫는 병도 아닌데 뭐.

짐을 풀어 수납장에다 대충 정리하고 있자니 커튼 뒤에서 다른 환자의 신음소리가 들리고 이런저런 이야기들도 들리고…… 갑자기 입원이 실감나고 수술이 무서워진다. 교회나 성당을 나가지도 않으면서, 평소 기도라고는 하지도 않으면서, 이런 상황에 내몰리니 하나님이란 소리가 절로 새어나온다.

"하나님, 제발 부탁드려요, 흉터 없이 잘……."

이 상황에서도 수술 결과보다 흔적에 더 신경이 쓰이다니…… 나도 참.

*

수술은 아주 성공적으로, 흉터도 별로 안 남게 잘 끝났다고들 하는데, 회복실에서는 몇 시간씩이나 무지 힘들게 보냈다…… 덜덜덜덜 떨려서 간호사가 유도하는 심호흡도 잘 안 되고, 담요를 몇 장씩 덮어도 한기가 가시지 않아 핫팩을 서너 개 올리고 온풍기를 담요 밑으로 틀고…….

회복실을 나와 병실로 옮겨지고 나서도 어찌나 힘들었는지, 전신마취가 필요한 큰 수술을 하고 나와 침대에 누워 있는 모든 사람이 다 존경스러웠다.

……새벽까지 메스꺼운 구토 증세에 웩웩 시달렸다. 무통주사의 부작용인지 몸이 전신마취를 못 이겨내는 건지 어쩌고저쩌고들 하는데 알 수가 없다. 게다가 한 간호사의 실수로 구토억제제가 뒤늦게 처방되었는데, 그걸 먹고서야 그나마 한숨을 돌릴 수 있었다. 하지 않아도 될 생고생을 몇 시간씩이나 더 해버린 셈이다. 성질 같아선 어떤 간호사인지 찾아내서 빠락빠락 소리라도 내질러주고 싶지만, 고의로 그런 것도 아닐 테고…….

암튼 메스꺼움과 추위와 가려움과, 휘휘 감기는 시트와 무거운 담요와 써지브라의 각기 다른 압박감, 팬티가 벗겨진 아랫도리의 휑한 불편함, 게다가 주사 줄 산소호흡기 줄 핏줄 등에 이리저리 얽매여 그야말로 개고생을 했다.

아까 하나님 어쩌고 하면서 기도했던 것들도 전부 헛짓이었다 싶고 후회스러웠다. 하나님이 진짜 있다면 왜 내게 이따위 고통을 줄 것인가. 난 그저 이쁜 척하고 살았을 따름이다. 어떤 누구에게도 해를 입힌 적이 없다.

……잠깐. 아니다. 왕싸가지라는 사실을 평소 인정하고 있

었지 않은가. 그렇다면 직접적이진 않아도 사람들에게 상대적 박탈감이나 빈곤감을 유발한 벌을 받고 있는 걸지도 모른다.

*

엄마한테서 전화가 왔다. 하루 종일 전화도 안 받고 뭐하느냐고 냅다 큰소리를 지른다. 아프고 힘들어 죽겠구만, 엄마 특유의 짜증과 가시 박힌 목소리가 너무 싫어서 몇 마디 꽥꽥거리다 그냥 폰을 꺼버렸다. 그리고 쌕쌕거리며 자리에서 힘겹게 일어나 앉았다.

"저기…… 괜찮으세요……?"

내 침대를 둘러싼 커튼을 살짝 걷어내며 얼굴을 들이미는 한 남자.

"……? ……아, 예……."

"마음을 편히 가지셔야 해요. 그래야 빨리 낫죠."

어느새 내 커튼 안으로 들어와 내 침대 옆에 붙어선 그는 미세하게 떨리는 내 손을 부드럽고 정감 있게 살짝 쥐어주며 달래준다. 좀 전에 엄마랑 통화할 때 이 방, 6인실에 내 목소리가 쩔쩔 넘쳐났었나 보다. 갑자기 쪽팔려 죽겠다.

"미안해요. 아까 많이 시끄러우셨죠."

그는 씨익 웃었다.

"아뇨 뭘. 그 정도쯤이야. 그저 마음 불편하신 듯해서……."

따뜻한 그의 손이 꼭 아빠의 손처럼 느껴진다. 그나저나 처음 보는 여자의 손을 이리 길게 쥐고 있다니, 상당히 용감한 남자다.

*

그는 철학과 교수였다. 유방암 3기라는 그의 모친도 병원 측 사정으로 다인실로 내몰렸으며 지난밤 나와 함께 수술실에 들어갔었다고 했다. 내가 몇 시간 정도 더 늦게 들어갔는데 나오기는 내가 훨씬 빨랐다고…… 그의 모친은 8시간에 걸친 대수술을 했단다(절제된 부분이 너무 커서 성형수술까지 함께 하고 나오느라 더 오래 걸렸다고. 참 좋은 세상이다, 두 번 할 수술을 한 번에 해버릴 수 있으니).

암튼…… 기나긴 수술에 지친 그의 모친이 저쪽 커튼 뒤에서 깊은 잠에 빠져 있는 동안 그는 내 옆에서 도란도란 이런 저런 이야기를 해주었다.

직업 탓인가, 이렇게 말 잘하는 남자도 처음이다. 가만 듣고 있자니 갑자기 세상이 아름답게 보이기도 하고 내가 참으로 다행스런 여자로 느껴지기도 한다.

무슨 말 끝에 내가 말했다.

"죽고 싶어도 지옥 가는 게 무서워서……."

"지옥이요…… 그거, 등지고 가는 본인은 관두고라도 남겨진 사람들은 확실히 지옥이죠. 그리고 사람들을 그리 만들면서까지 굳이 세상을 등진다면 그건 분명 지옥행일 거예요."

*

사흘째, 모든 주사 줄을 다 빼고 자유로운 몸이 된 나는 냄새나는 병원 밥을 물리고 밖으로 저녁을 먹으러 나왔다. 요 며칠 급작스럽게 친해진 그와 함께. 대학생 같은 옷을 입고 슬리퍼를 찍찍 끄는, 외모에 전혀 신경을 안 쓰는 남자의 자연스러움이 참 매력적으로 느껴진다.

그다지 배가 고프지 않았던 우리는 라면 하나를 시켜 나눠 먹었다.

……

식당을 나와 담배에 불을 붙이며 하는 그의 혼잣말,

"며칠째 계속 잠을 못 잤더니 죽겠네, 샤워 따끈하게 하고 두어 시간만 푹 자고 일어나면 소원이 없겠구만."

그냥 귓등으로 스치면 될 일이지만 어째 영 마음에 걸린다. 보조침대에서 잔들 의사 간호사 보호사들이 들락거리고 모친한테도 계속 신경이 쓰일 테니 숙면을 취하진 못할 것이고. 엊그제 8시간의 수술 이후로는 수면 부족으로 걸어도 발이 땅에 닿지 않는 상태일 것이다. 그리고 공동 샤워실이 있기는 하나… 늘 순서를 기다리는 사람들로 붐빈다.

……아니지, 잠깐. 그는 '칼자국' 있는 수술환자가 아니니 근처 사우나나 찜질방이라도 잠시 다녀오면 해결될 일 아닌가…….

하지만 나는 굳이 인심을 썼다. 집이 인천이라는, 절대로 범죄자 스타일은 아닌 그에게.

"그럼 우리 집에 다녀와요, 여기서 금방이니까."

"에이, 혼자서 어떻게……."

"……음, 그럼 같이 갈까요? 나도 잠깐 가져올 게 있는데."

미안했는지 그가 다시 한마디 했다.

"잠깐만. 그럼 내가 떡볶이 해줄게요. 저녁 제대로 못 먹었잖아요."

느끼한 라면을 먹은 후라 매콤한 떡볶이란 단어에 귀가 쫑

긋거렸다.

"그럼 그럴까요? 대신 맛없으면 안 돼요."

"걱정 마요. 떡볶이만큼은. 크크."

집에 도착했다.

"먼저 씻어요. 여자들이 보통 오래 걸리던데……."

맞는 말이다. 나보다 오래 씻는 남자는 내 동생 말고는 본 적이 없다. 근데 가만, 내가 왜 지금 샤워를? 그에게 샤워부스를 빌려주려 했을 뿐인데……. 하긴 뭐, 온 김에 개운하고 편하게 씻고 가는 것도 나쁘진 않지.

싱크대에 서서 양파를 까고 있는 그를 두고 욕실로 들어갔다. 그리고 가슴의 써지브라 아래쪽으로 말끔히 씻었다.

……헉! 잠옷을 걸치고 나오다가 멈칫했다. 그가 내 집에 들어와 있다는 사실을 깜박했던 것이다. 그는 다 되었다며 싱글싱글 떡볶이를 식탁 위로 내민다. 급하게 방으로 들어가 제대로 된 옷으로 갈아입고 나왔다.

"어? 아까 그 잠옷 귀엽더니만…… 허허헛."

떡볶이는 정말 맛있었다. 지금껏 어디서 먹어본 것보다도.

그래서 나도 여자로서 최소한 하나는 해야겠다는 자존심이 발동했다.

"난 떡국을 좀 끓일 줄 아는데, 내일 끓여줘요?"

"우하하하하…… 그럼 영광이죠."

……

나름 환자인 나를 앉혀두고 설거지까지 완벽하게 마친 그는 샤워를 했고, 어찌어찌하다 보니… 우린 친구에서 연인이 되어버렸다.

……만난 지 나흘 만에 섹스……!

가슴의 종양을 제거한, 아직 퇴원도 못한… 압박붕대도 풀지 않은 여자… 나는 힘을 빼고 누워 그의 조심스런 움직임만 얌전히 받아들였다.

*

내가 끓여준 떡국을 먹으며 그는 시종일관 표정관리에 신경을 쓰는 듯했다. 입으로는 맛있다고 몇 번이고 말하는데…… 괜한 짓을 했나. 그냥 사 먹을 것을…….

떡국 한 그릇을 어렵사리 비우고 다방커피를 만들어 내밀더니 그는 내게 프러포즈를 해왔다, 닷새 만에! 피식 웃음이 새어나왔다. ……하긴 내가 더 우스운지도 모른다. 아무런 생각 없이 고개부터 끄덕이고 있으니…….

19금 WXY

신의 선물

집에 왔다. 여전히 온몸이 뻐근하고 욱신거린다. 아무래도 더운 물에 몸 좀 담가야겠다. 물을 받고, 욕조 속에 엉거주춤 쭈그리고 앉았다. ……어째 물이 좀 미지근하다. 다시 따끈한 물을 틀어놓고 다리를 뻗었다. 발끝에서 종아리, 무릎을 지나 허벅지와 엉덩이 쪽으로 서서히 스며드는 짜릿한 온기에 기분 좋은 소름이 돋는다. 물을 잠그고 욕조에 길게 기대 누웠다.

……몽롱해진다…… 뇌에서 알파(α)파와 쎄타(θ)파가 마구 쏟아져 나오는 것만 같다.

주말, 그저께부터 엊저녁까지 그의 손놀림과 테크닉에 정신없이 천국을 오르내린 몸…… 그 느낌이, 그 기억이, 다시 새록새록 날 휘감는다. 여기저기 남아 있는 키스마크…… 젖꼭지가 아프고 다리 사이는 아직도 얼얼하다. 그리고…… 무엇보다, 늘 여자 역할이던 내가 지난 이틀간은 간간이 그의 '남자'가 되었다. 그 따뜻하고 보드랍고 쫄깃한 느낌에 나는 또 다른 쾌감을 경험했다. 그 은밀한 부분의 움찔대는 수축과 리드미컬한 움직임에 말 못할 전율을 느꼈으며 그 뇌쇄적 인 표정과 몸짓에, 나는 다시 한 번 그에게 홀렸다.

사실…… 내 정신건강에 가끔 독이 되기도 하는 그이다. 날 항상 번뇌에 사로잡히게 만든다. 생각만 해도 가슴 저리고, 마음 아리고, 때론 우울하기 짝이 없다. 함께 있을수록, 가까이 다가갈수록 더 외롭다. ……하지만, 알 수 없는 일이지만, 그런 그에게서 나는 오아시스를 느낀다. 그를 벗어나서 다시 황량한 사막으로 발을 내딛을 용기가 내겐 없다.

그를 떠올리며 한참을 욕조 속에 앉아 있었다.

이마에 땀이 송송 맺히는 걸 느끼며 일어섰다. 사람 몸이 물속에서처럼 가볍다면 얼마나 좋을까. 갑자기 무거워지는 팔다리에 가누기 힘든 피로가 몰려든다.

욕실을 나와 온몸이 녹아내릴 듯한 나른함으로 침대에 엎어졌다. 잠이 쏟아진다. 수면이야말로 신이 인간에게 내린 가장 큰 선물이 아닐까……. 발끝에 와 닿는 이불의 부드러운 감촉이 이내 날 꿈결로 이끈다.

19금 WXY

빈

// 관상을 본다는 할미니 옆에 사림들이 우르르 앉아 있다. 신통하다고 혀를 차는 사람들…… 드디어 내 차례. 할머니가 얘기한다.

"처자는 전생에 빈이었겠수다."

"……빈……?"

"아, 거 왜, 임금 옆에 앉아 있는 빈 말이요."

"……피이, 근데 왜 빈이래요. 폼 나는 중전 자리 놔두고."

"에그, 쩝쩝, 중전은 사랑을 못 받는 법이야. 그걸 왜 몰라. 남자들은 잠자리에서만큼은 창녀 같은 여자를 좋아하거든. 중전은 그걸 못 하잖아, 체면상……." //

꿈이었다.

'빈' …….

나는 내일 빈으로 오른다. 어제 교주님의 간택을 받아 오늘 밤 몇몇 차례의 수순을 거쳐 내일 오전에 빈 간택식상에 오른다. 엊그제부터 그저 기쁘고 좋은 마음에 잠도 제대로 못 잤다. 잠시 깜박 졸았을 때 꾼 꿈, 길몽이려나…….

밤 10시. 경건한 마음으로 기도를 하고 있는데 여인 둘이서 나를 데리러 왔다. 그리고 교주님만이 사용한다는 욕실로 나를 인도했다(……히야, 화려하기 짝이 없다). 어쨌거나 나는 그녀들의 손에 의해 손톱을 깎고 옷을 벗었고 머리를 감고 몸을 씻었다. 그리고 마지막 순서, 그녀들은 날 욕조에 눕히더니 다리를 들어올렸다. 포비돈과 소독용 에탄올을 거쳐 샤워기를 조절해서 마치 폭포수 같은 느낌이 들만큼 세게 내 바기나에 갖다 대고 씻어낸다.

한발 늦은 말을 했다.

"저, 남자경험 없어요……."

여인들이 주고받고 한다.

"거봐. 내가 뭐랬어. 애 같다고 했잖아."

"그러면…… 그나저나 애를 집어넣어서 우리 교주님이 만족하실 수 있을까?"

까딱하면 '빈' 자리 놓칠 수도 있겠다 싶어 나도 한마디 거들었다.

"저, 자위 안 하면 잠도 못 자요. 에로비디오도 나오는 족족 다 보고…… 걱정 안 하셔도 돼요."

"뭐. 그럼 자신 있다니까 다음 단계로 넘어가자구."

또 한 여인이 가져온 건 커다란 초였다. 살짝 높은 곳에서 내 발가벗은 몸에 촛농을 하나씩 둘씩 떨어뜨린다. 참아내기 힘들 정도의 뜨거움이다. 물집이 생기진 않을 거라며 여인들이 날 안심시켰지만 끝내 내 신음소리가 줄어들진 않았다.

*

드디어 교주님이랑 간택식을 올렸다.

우리 교인들 500여 명이 참여한 성대한 잔치였다. 교주님은 마흔둘, 나랑은 스무 살이 넘는 차이였다. 평소 제대로 눈도 안 맞춰주더니 이렇게 갑작스런 간택령을 내려 사람을 행복하게 만드는 멋있는 분이다.

간택식이 오전 10시. 나는 아주 특이한 예복을 입고 식을 치렀다. 보통 사람들은 결혼식 후, 저녁까지 놀다가 밤이 되어서야 침대에 눕는데, 우리는 간택식이 끝나고 바로 꽃집처럼 꾸며진 교주님의 방으로 들어왔다. 밖에서는 상상도 못했는데 별의별 게 다 있다. 당구대까지 보인다…… 교주님은 내게 혼례복을 벗고 당구대에 올라앉으라 명했다. 다리를 벌리고 뒤쪽으로 기대라고…… 그러더니 큐를 꺼내 내 다리 사이를 겨냥해서 당구놀이를 시작한다. ……아프고 얼얼하다. 그나저나 ……후우…… 내 참. 내가 그리 매력이 없나, 벗은 몸을 처음 보고도 동하지 않을 만큼…….

*

그는, 교주님은, 언제나 처음부터 끝까지 내 몸을 물건 취급한다. 섹스를 할 때도 전희, 후희는 물론 어떠한 애무도 없다. 그저 젤 조금 발라서 삽입하고 피스톤운동 몇 번으로 사정을 하곤 한다. 아마 여인의 몸을 탐하지 않아서, 신심이 깊어서, 그래서 2세를 보기 위한 수단으로만 성교에 임하는 이유일 것이다.

*

지난 두 달간 간택식이 세 번이나 더 있었다. 중전과 더불어 빈이 넷으로 늘어난 셈이다. 그나마 우리 여인네들은 교주님의 방에 불려가는 것을 그다지 욕심내지 않았기에 사이는 돈독했다. 누가 먼저 아들을 낳을지, 그조차도 덕담을 주고받는 사이다.

*

하아…… 임신을 했다. ……그나저나…… 얼마 전 어떤 썩을 놈한테 하룻밤 '기분 좋게' 당한 적이 있는데…… 누구의 씨인지 알 게 뭐람. ……이거 낙태를 해야 하나…….

근데, 가만…… 조금만 더 머리를 굴려보자.

교주님의 신통력이면 내게 일어났던 그 일을 벌써 꿰뚫어 봤을 텐데…… 전혀 내색이 없다. 사랑과 관용으로 넘어가주는 건가. ……아니지, 설사 그 일을 봐준다고 해서, 다른 남자의 씨마저 용서하고 받아들일 리는 없다(내 뱃속에 들어앉은 녀석이 자신의 피인지 아닌지 또한 금방 식별해낼 교주님 아닌가)…… 지금까지 내쳐지지 않고 있다는 것은…… 그래, 그렇다면…… 다른 씨를 잉태했을 가능성은 제로.

내일 아침 중전을 통해 정식으로 임신 사실을 전하고, 마음 편하게 태교에나 임하자.

속궁합

나는 주로 밖에서 섹스를 즐긴다. 그녀는 나보다 더하다.

우리에게 있어 '밖'이란, 호텔이나 모텔의 개념이 아니다. 산, 강가, 해변, 비상계단, 버스, 공중화장실 등등의, 사람들에게 항상 노출된, 두근거리는 장소다. 두근거림과 함께 시작하여 섹스가 끝날 때의 마무리는 늘 뿌듯한 키스…… 그런 의미에서 우리는 최상의 궁합이다.

*

오늘은 비가 온다. 경험상, 비 오는 날은 이래저래 번거롭고 하여 오늘은 그냥 방에서 하기로 했다. 그녀도 오늘 하루 피곤했던지 그러자고 했다.

우선 그녀를 다 벗겼다. 그리고 창을 열어 그녀를 창 쪽으로 바짝 밀었다. 그녀는 두 팔로 창틀을 잡았고 커다란 가슴으로 빗방울을 맞았다. 가슴 사이로 빗줄기가 흐른다. 나는 창 쪽으로 난 벽에 기댄 채 쭈그리고 앉아 잠시 기다렸다. ……그녀의 아랫도리에 손을 가져갔다. 그녀의 아랫도리가 벌써 젖어 있다. 슬쩍 창밖을 내다보니 건너편에 사는 고등학생쯤 되는 녀석이 어둠과 제 커튼 뒤에서 이쪽을 응시하고 있다. 언뜻 화가 난다. 이건…… 남자만 보면 젖는 계집인가…….

내가 제안했다.

"오늘은 좀 특별하게 하자. 관객의 열의가 대단해 보이는데."

나는 책상 등을 켜서 방이 조금 밝아지게 만들고 그녀의 발밑에 높은 목침을 놓아 그녀의 XX가 창밖으로 보이게 했다. 그녀의 가랑이 사이에서는 미끈거리는 물이, 흘러내리다 못해 뚝뚝 떨어질 정도였다. 나는 다시 그녀 옆으로 앉아 그 아랫도리에 손가락을, 아니, 주먹을 비틀어 넣다시피 했다. 당연히 그녀의 입에서는 신음소리가 나왔고 아까의 화가 조금은 사그라졌다. 저편에서 숨도 잘 못 쉬고 이쪽을 보고 있는 녀석에게 진동하는 바이브레이터가 보이도록 만지작거리다가 그녀의 몸에 꽂아 그녀가 계속 경련을 일으키게 만들었다.

"재현 씨, 제발……."

"시끄러."

찰싹찰싹 그녀의 엉덩이까지 힘껏 때려가며 사디스트적인 전위를 했다. 역시 그녀는 나와 찰떡궁합이다. 그만해 달라고, 말은 그리 하면서도 몸짓을 보면 오히려 즐기고 있다.

드디어 바이브레이터를 빼고 그 빈자리에 내 페니스를 찔러 넣었다. 그리고 그녀의 넓적하고 통통한 엉덩이를 잡고 피스톤운동을 했다. 저기 저 녀석 보란 듯이.

……?! 보이지 않는다. 녀석, 벌써 끝났나? 하긴 어린 놈이니…….

나는 아직도, 여자와 살을 맞대고 있으면서도 정점에 오르지 않는다. 여자를 바꿀 때가 되긴 된 것 같은데 내 성적 취향에 맞춰줄 여자가 어디 잘 있어야 말이지.

……?! 또 보인다. 저놈, 보아하니 오늘 밤새 몇 번은 하겠구먼.

그나저나 앞으론 저 녀석의 마스터베이션 대상으로 그녀가 쓰일 것을 생각하니 영 기분이 찜찜하고 안 좋다. 아무래도 오늘 괜한 짓을 했나 보다.

이런저런 생각들이 머리를 스치니 페니스까지 작아지기 시작한다. 아니지, 그녀가 느끼면 혹시라도 저기 저 녀석의 혈기왕성함과 비교 당할지도 모르는데……. 그녀의 클리토리스를 열심히 문질러가며 간간이 애널도 만져가며 그녀가 오르가슴에 오르도록 최대한 애를 썼다. ……이윽고 그녀는 절정에 올라 엉덩이를 흔들어댔고…… 나는 사정도 제대로 못한 채 그녀의 몸에서 나와, 그녀와 깊은 키스를 했다. 최대한 깊이, 아주 오랫동안…….

*

오늘은 주말, 아예 작정하고 나온 우리는 버스를 탔다. 물론 가장 뒷좌석으로. 그녀는 폭이 넓은 치마를, 나는 조금 짧은 듯한 바지를 입었다.

승객들을 다 더해본들 대여섯 명……. 딸싹 달라붙은 눈꼴사나운 커플이 되어 있는 우리에게, 사람들은 아예 시선 자체를 주지 않는다. 또, 키 차이가 꽤 나는지라 그녀가 내 무릎 위에 앉았다 해도 별 문제 될 것은 없다. 창가에 앉은 내 무릎 사이로 그녀를 품었다, 그녀의 넓은 치마폭을 헤치고. 혁대를 풀고 지퍼를 내리고 그리고 그녀의 팬티를 내리고, 내가 중심을 잡고 있으면 그녀가 이리저리 허리를 움직여 내 페니스의 끝을 자신의 XX에 가져간다. 그 다음은 탈수 중인 세탁기 위에서 하는 듯한 느낌. 가만히 있어도 묘한 쾌감이 소름으로 돋아난다. 서로가 가장 편하게 그리고 오래 즐길 수 있는 방법이다. 단지 문제가 있다면 그녀의 가슴을 주무르거나 하는 2차적인 행위에 제약이 가해진다는 점이랄까…….

그래, 조금 오래되긴 했어도…… 새로운 맛은 없어도…… 이런 섹스를 함께 해줄 여자가 또 어디 있을까.

새로운 맛은 가끔 바람이나 피우면 될 일, 어서 결혼이나 서두르자…….

착한 남편

2년 가까운 연애기간을 거쳐 드디어 결혼 얘기가 나왔다. 시댁, 친정으로 오가며 인사드리고 살갑게 지내는 관계이긴 했지만 제대로 된 상견례는 이번이 처음이다.

우리 집에선 아빠, 엄마, 동생이, 그의 집에선 아버님, 어머님, 큰형 내외, 작은형, 막내 형, 그리고 누님이 나왔다.

이런저런 얘기가 오가다가, 산부인과를 하는 둘째형님이 내게 슬쩍 물어왔다.

"어디 아파요, 얼굴이……."

눈이 매섭다. 실은 어릴 적부터 급성신장염, 네프로제를 거쳐 만성신장염까지 앓았던 터라 조금만 스트레스를 받거나 피곤해도 몸이 붓고 얼굴이 푸석푸석해지곤 한다.

"아, 예. 신장이 좀 안 좋아서요……."

"음…… 그거 신경 써야 되는데…… 임신중독증도 조심해야 되고……."

*

그이. 이번 주는 출장으로 얼굴 보기 힘들겠다는 연락이 왔다.

"주말에 무슨 일이야? 그것도 제주도까지."

"미안. 대신 다음 주에는 타이완이라도 다녀오자구. 거기, 야시장 은근히 매력 있다던데……."

"그래, 알았어. 몸살 안 나게 조심해. 잘 챙겨 먹고."

*

결혼을 했다.

*

3년을 넘기도록 아직 태기가 없다. 점점 시어머니의 눈치가 보이고……. 연애기간 2년의 혼전 섹스를 더하면 5년이 훌쩍 지난 셈이다(물론 결혼 전에는 피임을 했었지만).

병원을 가 봐도 정상이란 말만 하고, 한의원에서 지어온 약은 몇 재나 정성껏 달여 마셨는데도 효과가 없다.

✻

기어이 우울증이 찾아왔다.

✻

하루는 남편이 조그만 레스토랑 하나를 빌려, 내가 즐기는 음악을 깔고 내가 좋아하는 하얀 카라로 여기저기 수북이 장식하여 나를 불러냈다.

"……오늘, 무슨 날이야?"

"아니. ……뭐, 우선 밥부터 먹자. 배고프지?"

무슨 일인지 궁금해서… 천천히 꼭꼭 씹어 먹고 있는 그를 두고 먼저 빨리 뚝딱 해치웠다. 그리고 다시 물었다.

"뭐야, 왜 이러는 건데?"

"왜긴. 살면서 가끔 이런 시간 가져보는 것도 나쁘진 않잖아. 옛날 생각도 나고……."

"내 참. 당신이 그렇게 낭만적인 성격이면 처음부터 내가 묻지도 않아. 말해 봐. 뭔 일인지……."

"잠깐만. 커피부터 좀 마시자."

스테이크를 반 이상 남긴 그가 접시를 살짝 밀어내며 웨이터에게 손짓을 한다.

커피 한 잔을 비우고, 리필한 것까지 깨끗이 비운 그가 드디어 입을 뗐다.

"……저기 말야."

"응?"

"당신 탓 ……아니야."

"……뭐가?"

"애기……."

"……응……?"

"나 때문이야."

"그럼…… 당신한테 문제가……."

"……아니. 첨부터 그런 건 아닌데, 거 왜, 당신, 신장염이니 뭐니 몸이 안 좋잖아."

"……그래서……."

"그래서 그냥……."

"……수술해 버렸다구?"

"……."

"별 걱정할 것도 없는 문제를 두고 혼자서 그런 큰 결정을 내려? 힘들어도 내가 힘들고 아파도 내가 아파. 당신이 왜……."

"……."

남편의 마음은 충분히 이해되고, 한편으론 고맙기 그지없었으나 포기할 수 없는 부분이 있었다.

"지금이라도 재수술 받으면……."

"……저기…… 그게…… 루프로 묶은 게 아니라서……."

"뭐야? 완전히 커트시켜 버렸다구?"

"……."

"그래도 방법이 있을 거야. 요즘 의술이……."

"아니야. 커트한 경우는 3개월 내에 재수술하지 않으면 안 돼."

"언제? 도대체 언제 그랬어? 적어도 한마디 상의는 있었어야 할 것 아냐!"

"……그때 상견례 후에……."

어질어질 쓰러질 것만 같다.

*

이래저래 다시 알아봤다.

지금 우리 부부에게 있어 가능한 방법이란…… 남편의 고환에서 아직 정자가 되기 전 단계인 정핵을 추출, 그중 가장 똘똘한 놈으로 몇 골라서 내 난자와 인공수정 시키는 방법…….

그 얘기를 꺼냈더니 이번엔 남편이 펄쩍 뛰었다.

"안 돼. 그렇게 되면 내가 굳이 수술까지 한 의미가 없어지잖아. 인공수정하면 어차피 당신 몸에 착상시킬 거고 당신 몸으로 낳아야 한단 말이야. 난 그거 불안해서 싫어."

"아이참. 불안할 거 하나도 없대두!"

남편이 투둑투둑 내뱉는다.

"정 그러면 대리모를 구하든지."

"미쳤어. 대리모가 어떤 성격에 어떤 취향에 어떤 처지에 놓인 사람인 줄이나 알고 맡겨? 태교가 얼마나 중요한지 몰라? 죽어도 싫어!"

그는 이미 생각해둔 일처럼 다시 조용조용 말을 꺼냈다.

"……저기…… 있잖아. 우리…… 입양은…… 어떨까……."

"뭐? 싫어, 싫다구! 어떤 부모, 막말로 어떤 피가 흐르는 줄 알고 데려와, 무조건 싫어!"

"……그럼 어쩌자고……."

"몰라. 그걸 왜 나한테 물어? 일은 혼자 다 벌여 놓고…… 내가 그동안 어머님 눈치 보면서 얼마나 마음고생 했는지는 알아? 또, 잠자리 후엔 그 대단한 정액 흘러내리지 말라고 씻지도 못한 채 찜찜하게 그대로 잠드는 습관까지 생겼을 정도인데…… 이런 식으로 나 설득시킬 생각 말고 내일이라도 병원 가서 정액 뽑아내고 배양이나 부탁하라구! 나머진 내가 알아서 할 테니깐!!!"

*

여전히 전쟁 중…… 벌써 한 달째 섹스도 없이.

혹시 이러다 이혼하게 되진 않을지 모르겠다. 난 섹스 없이 일주일을 잘 못 넘기는 여잔데…….

오늘은 산부인과를 하는, 남편이 수술을 결심하게 만든 주범, 작은아주버님 병원에 찾아가려고 한다. 가서 협박성 부탁을 해야지. 상황 설명을 하고, 남편이 걱정하는 부분을 싸그리 걷어버려 달라고……. 어떻게든 우리 남편 급소 좀 책임져달라고…….

냉커피

"……그나저나 말 나온 김에 하는 말이지만 그 밍크 좀 그만 입고 다니면 안 돼?"

"왜. 이거, 얼마나 비싼 건데."

"아니, 그런 말이 아니라 털, 가죽제품이 좀 그렇다구. 그간 무스탕이니 뭐니 계속 입고 다녔잖아."

"아, 난 또……."

"한 번 생각해 봐. 동물 껍질 벗겨서 만든 거, 솔직히 좀 으스스하지 않아?"

"그거야……."

"얼마 전에 중국의 모피 생산과정을 TV에서 봤는데…… 그 불쌍한 동물들, 몸 하나 제대로 돌리기 힘들 만큼 좁은 철장 안에서 사육하다가 적당한 크기가 되면 꺼내는데 그게 그 녀석들의 첫 나들이이자 죽음이래. 전기쇼크로 외마디 비명만 남기고 가는 토끼는 그나마 양반이야. 너구리나 밍크는 아예 때려서 잡는다더라구."

"……."

"정말 충격적이었던 건 뭔지 알아? ……그러니까…… 그게…… 통통하게 살찌운 까맣고 이쁜 여우였던 것 같은데, 삽 같은 걸로 머리 몇 차례 때려서 기절만 시키고는 거꾸로 매달더라. 그리고 털가죽을 벗기는데, 그 와중에 기절했던 녀석이 정신이 돌아와서는 몸을 비틀며 가죽이 벗겨져가는 제 몸을 올려다보는 거야. 몽롱함이 채 가시지 않았다 할지라도 분명 미칠 듯한 통증이었겠지."

그녀의 얼굴이 구겨졌다.

"왜 하필 살려두고 그 짓을 한대."

"그게…… 죽고 나서 벗기면 털의 질감이 떨어진다나 뭐라나. 암튼 그렇게 깨어난 녀석을 몇 대 더 때려서 다시 기절시키고는 그 미친 작업을 계속하는데…… 꼬리부터 팔다리 몸통에 머리까지 전부 껍질이 벗겨진 생명이 피를 흘리며 꿈틀거리던 그 장면은 정말 죽어도 못 잊을 것 같아. ……후우……."

그녀와 나의 입에서 거의 동시에 한숨이 새어나왔다.

"후유……."

"게다가…… 그것을 빤히 지켜보고 있던 다른 녀석들의 겁에 질린 눈빛까지."

"……."

"근데…… 더 마음 짠했던 건…… 그 피비린내 진동하는 작업장 옆에 놓인 철장들, 그 안에서…… 밤이 되고 사람들이 사라질 때쯤…… 언제 껍질이 벗겨질지, 오늘내일하는 녀석들이 허기를 채우려 허접한 먹이를 뽀도독뽀도독 열심히 먹기 시작하는데 말야……."

"……."

"이제 곧 복날이 오는데 신경 쓰여 죽겠어. 또 얼마나 많은 개들이 수난을 당할지……."

"……보신탕……."

"강아지들도 그래. 내가 초등학교 때 시골 할머니 댁에 내려가 있었는데 거기서 친구도 몇 사귀고 재미나게 놀았었지. 그런데 하루는 어떤 녀석 집에 놀러 갔더니 마당에 막 흩어진 핏물을 씻어 내리고 있지 뭐야. 뭔가 했더니 집에서 키우던 강아지를, 그것도 때려서 잡았다고…… 놀다가 한 그릇 먹고 가라는 친구 엄마의 인심에 구토를 느끼며 도망쳐 나왔어. 그리고 같이 다니던 친구 한 명은 자기네도 지지 않는다는 것을 자랑하고 싶었던 건지, 강가 다리를 가리키면서 '저기서 목줄 단단히 감은 채로 밀어버리면 손쉽게 개를 잡을 수 있다'며 조만간 말복에 누렁이 한 마리 '장만'할 거라고, 기다려 보라 하더라구. 게다가…… 어째 그날은 그리 재수가 없었는지 개장수 차까지 마을로 밀고 들어와서 한 할머니의 집 마당에 차를 세워두고 조그만 철장에 네댓 마리씩 쑤셔 넣는데 철장의 망에 걸려 눈도 제대로 못 뜨고 코는 찌그러지고…… 죽는 순간의 고통보다 그렇게 실려 다니는 그 시간들이 그 녀석들에겐 더한 지옥 아닐까 싶더라구."

"……."

"몇 년씩이나 키우던 열댓 마리의 개들을 그렇게 보신탕용으로 팔아치우고 돈을 챙기던 그 할머니의 표정이 아직 그대로 기억나. 시골 사람들 의외로 참 무서워."

"……어디 먹을 게 없어서……."

*

내가 냉커피에 시럽을 하나 더 넣어서 달달하게 빨아 마시는 동안 그녀는 화장실로 갔다. 그리고 가벼운 스웨터 차림으로 나온다.

"어, 코트는?"

"버렸지 뭐."

"내 참. 아직 날씨가 꽤 쌀쌀한데……."

"됐어. 벌써 쓰레기통에 들어가 버린 걸."

*

"저녁 뭐 먹을래? 돼지갈비는 어때……."

"음…… 난 앞으로 고기류는 안 먹을 거야."

"응?"

"생선은 그나마 별 생각 없이 산다니까 또 몰라도……."

"요즘은 스님도 고기 먹는 세상인데 무슨 소리야, 뜬금없이."

"사람 뜬금없게 만든 게 누군데 그래. 엊그제 그 얘기 듣고는…… 암튼. 가만 생각해보니까…… 자식 길네 어쩌네 하며 키우다가 때 되면 고기로 갖다 팔고, 병들면 산 채로 구덩이에 밀어 넣고……."

"……."

"우리 모임 하나 만들까? 모피나 가죽제품 사용 안 하고 고기 안 먹는 모임……."

"……그래…… 그럴까……나……."

"우리 파스타나 먹으러 가자. 잘 하는 레스토랑 뚫어놨어."

"……그래, ……그러자."

내 참. 근데 오늘따라 왜 이리 돼지갈비가 당기지…….

……엊그제 내가 괜한 말을 해버렸나…….

나는 늘 이렇게 그녀에게 끌려 다닌다. 이유는 딱 하나, 그녀의 XX는 다른 어떤 여자의 것과도 비교할 수 없는 황홀한 것이기에.

마조히스트

그는 어느 때처럼 혁대를 풀어서 침대 위에 놓았고, 그가 옷을 벗고 엎드리면 나는 그 혁대를 쥐었다. 그리고 그의 발가벗은 등과 엉덩이를 주로 때렸다.

그는 발기부전임과 동시에 마조히스트이다. 매번 이런 '의식' 없이는 섹스가 성립되기 어렵다. 다행히 내게 잠재된 사디스트적인 성향으로 인해 그나마 궁합이 잘 맞는 건지도 모르겠다.

"아프지……."

적당히 울퉁불퉁 발갛게 달아오른 그의 엉덩이를 아프게 쓰다듬자 그는 다시 터프한 남자가 되어 날 들이치고 메치며 내 몸 속을 자유자재로 드나들었다. 2~3분을 넘기지 못하는 그는 자신의 뿌연 욕구를 내 배 위에 가득 쏟아내고는 샤워실로 들어갔다. 휴지와 수건으로 대충 뒤처리를 하고 있자니 그가 샤워실에서 나오며 기분 좋게 말한다.

"오늘은 선물이 있어."

"선물?"

"천국 오르내리게 해줄게."

그가 꺼낸 것은 바이브레이터였다. 처음으로 겪어보는 그 묘한 느낌에 나는 자위할 때보다 더한 오르가슴을 느꼈다.

// 빨간 스탠드 등 하나만 켜둔 넓은 방에서 발가벗은 채 목줄을 하고 그가 이끄는 대로 기어 다닌다. 채찍으로 간간이 때리며 비명을 지르라고 재촉하기도 한다. 안 그래도 여기저기 아프고 쓰라린데 젖꼭지를 비틀고 집게를 끼우더니 길고 굵은, 전자동 바이브레이터까지 바기나에 밀어 넣는다.

"내가 매번 어떤 기분으로 섹스하는지 이해가 돼? 이 X년아." //

꿈이었다.

*

예전 와이프가 신혼 초에 그랬단다. '내가 아는 남자들 중 남자 구실은 당신이 최악' 이라고. 그날부터 성욕도 급격히 떨어지고 심인성 발기부전에 시달렸는데, 그렇다고 하여 가만 있을 수도 없고 해서 회복을 기하려고 룸살롱을 전전하며 비아그라의 힘을 빌리기도 했단다. 하루는 만취 상태에서 열

알 정도 먹었는데 그 이후로는 거의 발기가 잘 안 된다고…….

*

오늘은 싱글싱글 손에 든 봉지에서 요상한 물건들을 꺼낸다. ……이건…… 레즈비언들이 사용할 법한…… 커다란 페니스가 달린 가죽 팬티, 그는 호기심 가득한 얼굴로 바지를 벗더니 부리나케 입어본다. 다음 순간 내가 신기해할 새도 없이 나를 벗겨 소파에 쓰러뜨린다. 그리고 팬티에 달린 그 커다란 페니스를 내 바기나에 삽입했다. 허리를 크게 흔들어 내 온몸이 뒤틀리고 내 입에서 신음소리가 절로 나오게 만든다. 두어 번의 오르가슴 후에 널브러져 버린 내게 그가 말했다.

"나한테도 해줄래."

나는 흥건하게 젖어 있는 아랫도리에 그가 벗어주는 가죽 팬티를 끼워 입었다. 그리고 내 바기나를 찌릿찌릿하게 만든 그 울룩불룩하고 커다란 가죽페니스에 아로마오일을 듬뿍 발랐다. 그리고…… 어느새 골반 밑으로 쿠션을 야무지게 깔고 엎드려 있는 그의 엉덩이를 양쪽으로 힘껏 벌려 쑤욱 꽂았다. 많이 아팠나 보다. 신음소리가 꽤나 크다. 아픔과 통증이 하나로 섞인 듯한, 그의 엉덩이의 떨림을 느끼며 나는 천천히 피스톤운동을 시작했다. 그는 한 번씩 끙끙거리기도 했고 힘겹게 허리를 들썩이고 엉덩이를 흔들었다. 남자들이 여자 위에 있을 때 이런 기분일까. 아래에서 몸을 벌리고 내 움직임에 따라 반응하는…….

*

"팬티 벗고 엎드려."

다소 명령적인 말투다. ……오늘은 또 뭐길래…… 조건반사인가. 찔끔 바기나의 맥이 느껴진다. 그는, 원피스를 걷어 올리고 밍기적거리며 팬티를 내리고 있는 나를 테이블에 엎드리게 만들더니 비싼 망사팬티를 또 찢어 엉덩이 사이로 오일을 들이부으며 말한다.

"이거, 애널마개라고 하는 건데……."

……

애널이 찢어질 듯한, 터질 듯한 아픔에 앓는 소리를 냈다. 엊그제 그의 신음소리가 조금 이해가 된다. 그는 팬티로 내 입을 막더니 그 애널마개라는 것을 진동모드로 바꾸었다. 그러곤 이미 풀어질 대로 풀어진 내 다리를 있는 대로 벌려서 바이브레이터까지 꽂아 넣는다. 또, 돌출된 내 클리토리스를 살짝 핥아주나 싶더니 바이브레이터의 진동하는 곁가지를 그 위로 고정시켰다. 애널, 바기나, 클리토리스…… 강렬하기 짝이 없는 쾌감들에 묻혀 살짝 혼미해진다.

……어느새 내 입에는 그의 조그만 페니스가 물려 있고. 그의 거센 손힘이 내 머리채를 쥐어흔들고 있다. 역시 오늘도 혁대가 필요하려나…….

내일 아침이면…… 또…… 이런저런 아픔과 쾌감의 결과물인 몸살을 앓을 것이다.

매너

평소 친자매처럼 지내는 선배가 소주 한잔 하자며 나를 불러냈다. 그리고 피실피실 웃으며 입을 열었다.

"나…… 어제, 그이랑 정리했어."

(바람직한 일이다. 듣던 중 반가운 소리다.)

"……."

"알고 보니…… 바람피울 자세가 전혀 안 돼 있는, 한마디로 매너 없는 남자였더라구."

"……??"

"글쎄, 관계 끝내고 누워 있는데 무슨 말 끝에 자기들 부부싸움한 얘길 하더라. 그리 내키진 않았지만 하소연하나 보다 싶어 그냥 들어줬어. 그런데 듣다 보니 그 와이프가 좀 심한 것 같더라구. ……그래서 정말 객관적이고 중립적인 입장에서 나도 모르게 딱 한 마디 거들었지."

"뭐라고?"

"그러니까…… '그건 와이프가 너무했네' 하고. ……근데, 그랬더니 이 남자가 갑자기 자기 와이프 역성을 들기 시작하는 거야. 뭐, 그래도 그렇게 나쁜 여자는 아니라나? 그리고 와이프 입장에서 보면 자기가 나쁜 걸 수도 있다나? 가재는 게 편이라고, 지들은 부부고 나는 남이다, 그거지. ……아무리 그렇지만, 그게 어디 알몸으로 살 맞대고 누운 상태에서 할 말이야? 그것도 방금 사용한 콘돔이 널브러진 침대 위에서. 바람은 왜 피우는지 몰라, 바람피울 마인드도 안 돼 있으면서……."

"진짜 싸가지 없는 놈이네. 그걸 그냥 놔뒀어? 급소라도 한 방 걷어차 버리지……."

"안 보면 그만인데 뭐……."

하긴…… 그래도 자기 마누라 욕이나 하고 다니는 남자보다 인간성은 좋을지도 모른다. 그 정도면 바람을 피워도 와이프한테 용서받을 자격은 충분할 것 같다.

"그건 그렇고, 선배는 절대로 감정 따위 안 섞는다더니 그것도 아닌가 보네? 그렇게 질투하는 걸 보니……."

"질투? 말도 안 돼, 그런 거 아냐. ……난 그냥 침대 위에서 지켜야 할 최소한의 예의에 대해서 말하고 있을 뿐이라구. 솔직히 침대 위에서 와이프 얘길 꺼내는 것 자체가 우습지 않아? 그리고…… 난 아마 그 사람이 자기 와이프 욕만 냅다 해댔다 하더라도 그리 유쾌하진 않았을 거야. 난 지들 부부관계엔 전혀 관심 없으니까."

애써 쿨한 척하는 그녀……. 그러고 보면 참 묘한 것이 사람 마음이다. 절대 화가 나선 안 될 부분에서 화가 나는 경우가 종종 있다. 그럴 땐 왜 화가 나는지 본인 스스로도 잘 모른다. …왜, 유부남과 사랑에 빠졌을 경우…… 부부관계가 원만치 못해 보이던 그가 실은 마누라와도 빈번한 잠자리를 가지고 있음을 알게 되면, 그 내연녀의 배신감이란 남편의 외도 사실을 알게 된 와이프의 그것만큼이나 지독한 것이라 하지 않던가. ……그렇다. 살다 보면 아무도 인정해주지 않을 실망감과 노여움으로 자신을 소모시키는 상황도 더러 생긴다. 감정이란 것이 항상 이치에 맞게 움직여주지는 않는 법이니까.

문득, 대학 때 지도교수와 불륜에 빠졌던 한 친구의 말이 떠오른다.

그녀는, 이혼 운운하며 자신에게 사랑을 속삭이던 그 교수가 실제로는 자기 가정을 얼마나 소중히 여기는지 알게 된 순간, 배신감과 자괴감으로 치를 떨었다고 했다. 그리고 그 조각난 감정의 파편 위에서 만신창이가 되도록 뒹굴고 또 뒹굴며 살냄새로 범벅이 된 일그러진 관계를 이어갔다고 했다. 자기 음부를 핥던 그 입으로 와이프의 유두를 빨고, 자기 엉덩이를 문지르던 그 손으로 와이프의 젖가슴을 주무르며 두 여자 사이를 오갔을 그 남자의 이중성에 환멸을 느끼면서도, 또 한편으로는 자신과 섹스할 때와 마찬가지로 와이프 위에서도 허리를 흔들어 피스톤운동을 하고 몸을 떨며 하얀 정액을 뿜어냈을 그의 모습을 떠올리면 오히려 더 말초적이고 막다른 육욕으로 치닫게 된다며 소주를 들이마셨다. 또한 그녀는, 그들 만남의 어떤 부분을 잘라놓고 본들 분명 사랑이라는 고귀한 감정과는 거리가 있음도 잘 알고 있다고 했다. 하지만, 그럼에도 불구하고 자신은 그에게 집착하고 매달릴 수밖에 없으며, 그것은 유부남에게 우롱 당했다는 모멸감과 자조감이 극복되지 않는 한 그 남자가 아무 일도 없었다는 듯 제자리를 찾고 다시 일상으로 돌아가는 것을 자신의 심술과 오기가 용납할 수 없기 때문인지도 모르겠다며 소리 내어 울었다.

그러고 보면, 무의식이란 참으로 유치하고 적나라한 인간성의 실체인지도 모른다. 서푼어치의 의식과 습관적인 위선으로 제아무리 무장해본들 삶은 무의식의 영역에서 그다지 자유로울 수 없다.

아마도…… 선배 또한 그녀의 어떤 무의식에 휘둘리고 있을 것이다. 배제된 줄 알았던 감정이 자신도 모르는 새 섞여 있었을 수도 있다. 또는 단순히, 자신을 향한 상대의 외사랑을 즐기고 싶었는지도 모른다. 그렇다면 그녀가 아무리 쿨해 보려 한들, 상대 남자가 그녀보다 자기 와이프를 더 사랑하고 있다는 사실을 기분 좋게 받아들일 수 있을 만큼 쿨하지는 못하리라. 그리고 그녀 앞에서 와이프에 대한 사랑을 대책 없이 덜컥 표현해버린 그 무례를 용서할 수 있을 만큼 너그러울 수는 없으리라.

레슨

김장김치를 담그느라 다 함께 앉아 있자니 시어머니가 입이 심심했나 보다.

"우리 애랑 속궁합은 어때, 잘 맞아?"

친정엄마랑도 얘기하기 민망한 말…….

"……아, 예…… 뭐 그럭저럭……."

시어머니가 왠지 제대로 흥이 돋았다.

"내가 확실하게 가르쳐줄게. 이건 정말 특이한 건데, 등줄기야, 등줄기. 어릴 적부터 만지기만 하면 꺄르르꺄르르 웃어댔단다."

"……."

"참, 그리고 걘 가슴 사이에 코를 묻고 잠드는 걸 좋아했어. 요즘도 그러니?"

"……."

"하긴, 다 큰 녀석이 코 묻기에는 네 가슴이 좀 모자라긴 하겠다…… 성형이라도 해볼래?"

도움 되는 말들인지는 몰라도 안 듣느니만 못하다는 생각이 드는 건 왜일까……(어쨌거나 가슴성형은 좀 해봐야겠다).

19금 WXY

프러포즈

오랜만에 병원 후배와 단둘이 술잔을 마주했다.

"근데, 무슨 일이세요?"

"응?"

"아까 저한테 할 애기 있다 그러셨잖아요."

"아……, 저기, 혹시 무슨 걱정거리라도 있나 해서……."

"네?"

"아니, 요즘 유 원장 얼굴이 계속 까칠해서 말이야. 힘도 없어 보이고."

"아뇨. 제가 원래 가을을 좀 타잖아요. 찬바람 불기 시작하니까 좀 그러네요."

"아닌데…… 작년 가을엔 싱싱했던 것 같은데. ……혹시 남몰래 좋아하는 남자라도 있는 거 아냐? ……혹시…… 나 좋아해?"

장난치지 말라는 듯 슬쩍 눈까지 흘기며 말하는 그녀.

"왜 그렇게 생각하시는데요? 갑자기……."

"……저기, 지난번에 내가 친구 하나 소개시켜주겠다 그랬을 때, 그때 유 원장 표정이 좀 이상했거든. 뭐랄까…… 좀 슬퍼 보였다고나 할까. 남자 소개시켜 주겠다는데 올드미스가 그런 반응이면 뭔가 사연이 있는 거잖아. 그리고…….”

“그리구요?”

“그래서, 그날 집에 가서 곰곰이 생각해봤는데…… 왜, 여자들이 이유 없이 은근히 가시 돋친 행동을 할 땐 남자한테 관심 있단 증거잖아. 유 원장이 나한테 그러거든. 게다가 요즘 계속 옆구리 시린 표정만 짓고 있고…….”

“……아뇨. 실은 얼마 전…… 키우던 강아지가 돌아가서, 그게 아직 극복이 안 돼서 그런 거예요.”

한동안 부어라 마셔라 하며 술잔만 비웠다. 기분이 점점 알딸딸해진다.

“여자들은 참 이상해.”

내가 먼저 말을 꺼냈다.

“뭐가요?”

“맘에 들어서 같이 자고 싶다 그러면 그걸 냉큼 기분 좋게 받아들이는 경우가 잘 없거든? 일단은 튕긴다구. 심지어는 ‘날 어떻게 보고 그런 소릴 하냐’ 고 성질까지 부려대는 여자가 있다니까……. 어떻게 보긴 뭘 어떻게 봐? 여자로 보니까 같이 자자 그러지. ……게다가 그 진솔한 남자의 마음을 ‘바람둥이 기질' 어쩌고 하면서 매도하기 일쑤고."

"어디서 배부르고 복 까부는 여자들만 만나고 다녔어요? 한 번 같이 자줄 남자가 없어서 맨날 다리 사이에 베개 끼고 자는 싱글들이 얼마나 많은데. 어디 지금 나한테 그 말 한번 해봐요. 내 당장 그 소원 들어줄 테니……. 대신 최고급 호텔 스위트룸에서만!"

호텔로 옮겼다.

"우리, 한 잔 더 할까?"

넥타이를 풀고 와이셔츠 단추 하나를 끄르면서 물었다. 그녀도 고개를 끄덕인다. 나는 룸바에서 미니어처 위스키를 꺼내와 하나씩 나눴다.

잠깐. 근데 어째 순서가 좀 그러네. 이런 건 보통 샤워부터 하고 나서 하얀 가운 차림으로 연출하는 장면일 텐데. …… 아니지, 이 상황에서 내리치는 물줄기에 머리꼭지를 들이미는 건 만구에 위험한 짓이다. 이왕 여기까지 온 마당에 혹시 제정신이라도 돌아오면 그야말로 뻘쭘하기 짝이 없는 일 아닌가. 그녀가 다시 이 방을 나가겠네 어쩌겠네 하면…… 그냥 계속 미친 체하자. 그리고 내일 아침, 필름이 끊긴 척하면 그만이다.

이윽고 그녀와 나는 하나의 성취를 위하여 '우리' 라는 공동체가 되어 침대를 향했다. 나는, 약간 휘청하며 섹시하게 비틀고 눕는 그녀를 바로 눕히고 부리나케 셔츠랑 바지를 벗어던졌다. 그리고 런닝을 말아 올리며 침대로 기어 올라갔다.

"저, 저기…… 불 좀……."

"왜? ……난 밝은 게 좋은데."

"그럼, 이불이라도 덮고……."

"아니. 난 다 보이는 게 좋다니까?"

술기운이 더해진 그녀의 팔 힘도 그리 만만치만은 않다.

"안 돼요, 절대로…… 불 안 끄면 절대로……."

아무리 호텔방의 누리끼리한 불빛이라곤 하지만 이런 일을 치르기엔 그녀에게 너무 밝은지도 모른다. 실리콘 접착 브래지어와, 들어가야 할 곳과 나와야 할 곳이 살짝 헷갈린 바디라인……, 이 지방배치도를 그대로 적나라하게 공개할 순 없는 일일 것이다. 아마도…….

결국 마음 넓은 내가 양보했다.

……

오줌이 마려워 눈을 떴다. 도로롱거리는 소리에 고개를 돌리니 그녀의 비행접시 같은 얼굴이 내 코끝에 닿는다. …… 새벽 네 시. 그간 많이 굶긴 굶었나 보다. 또 아랫도리에 부피의 변화가 찾아온다.

급히 화장실을 다녀와서 다시 한 번 그녀의 몸을 부드럽게 안았다. 잠들어 있던 그녀가 비몽사몽 신음소리를 낸다. ……그렇게…… 그녀 위에서…… 보름달 같은 나의 얼굴이…… 해파리처럼 부유하기 시작했다…….

*

“어! 유 원장, ……혹시 처음이었어?”

“네?”

나는 빨갛게 장미가 만발한 침대 시트를 가리키며 물었다.

그녀는 쓱 돌아보더니 가운을 찾아 입으며 더듬더듬 대답했다.

“……!!!!! 아, 아뇨…… 그럴 리가요……. 새, 생리 시작하나 보죠, 뭐…….”

“그래? 난 또…… 천연기념물인 줄 알고 하마터면 감동받을 뻔했네. 난 한 번도 처녀막 뚫어본 적이 없어서 말이야.”

……아니,

……잠깐…… 아무래도 느낌이 이상하다.

……혹시 둘러대는 거 아냐? 내가 감동받고 들러붙을까

봐…….

침실을 나와 커다란 테이블이 놓인 공간으로 들어섰다. 미역국이랑 사골우거지탕이 놓인 토속적인 밥상…….

……

"우리, 결혼해버릴까?"

미역국에 말은 밥을 열심히 퍼먹고 있던 그녀가 사래에 걸린 듯 켁켁거린다. 그리고 따발총처럼 물어온다.

"……결혼이라구요?"

"응."

"지금, 나한테 프러포즈를??"

"응."

"하룻밤 잤다고 결혼???"

"응……."

"내친김에 결혼????"

"……응."

"에이, 설마……."

"진짜야. 우리 그냥 결혼하자."

"혹시…… 지난밤, 나의 타고난 색기에 홀리기라도 하셨나? 내 은밀한 부위가 보기 드문 명기였다거나, 뭐 그런……."

"푸하핫. 그것도 이유 중의 하나라고 해둘게."

"그럼 진짜 이유를 다 말해 봐요, 어디."

"허허. 유 원장도 참. ……글쎄, 뭐랄까. 같이 있으면 그냥 편하다고 해야 되나? 이혼유단자로서 하는 말이지만, 결혼 조건으로는 그게 최고야. ……유 원장이라면 무난할 것 같은데……. 살면서 한눈팔 일도 없을 것 같고."

"어쩐지……. 그러니까 이번엔 예쁘지도 매력적이지도 않은, 그래서 딴 남자들이 집적댈 염려가 없는 나 같은 여자를 마누라로 삼고 싶다? 사랑한다 어쩐다 해도 생각해볼까 말까 한데…… 내 참, 지나치게 솔직하시네요."

"혹시 〈가족의 탄생〉이란 영화, 봤어?"

"아뇨."

"가족이란 거, 그거 별거 아냐. 같이 살다 보면 가족이 되는 거지. 아마 사랑이나 핏줄보다 훨씬 더 큰 역할을 하는 게 인연일 거야."

"그럼, 나하고 어떤 인연이라도 있는 것 같단 말이에요?"

"그야 모르지. 혹시 알아? 내가 실연의 아픔으로 줄담배를 피워댄 바로 그 벤치에서 유 원장이 첫키스를 했을지?"

"자고로, 수많은 우연이 맞아떨어져야 필연이 되는 거고, 그 필연이 모이고 겹치고 쌓여야 비로소 인연이란 게 만들어지는 거래요. 인연이라는 그 귀한 단어를 그렇게 발칙하게 사용하면 안 되죠!"

"그게, 그러니까…… 하여간 생각하기 나름이야. 어찌 보면 우리 관계도 거듭된 우연과 반복된 필연의 소산물일 수 있다구. ……생각해 봐, 이 넓은 지구 위에서 하필 같은 병원에 있게 된 우연을, 그리고 지금 이렇게 한방에서 같이 밥 먹고 있는 필연을!"

"……."

19금 WXY

가지

가지 몇 개 따오라는 시어머니의 심부름에 비닐하우스를 들렀다. 상품 가치 조금 떨어지는 것으로 몇 개 고르고 있는데, 갑자기 뒤에서 인기척이 난다.

"아이고, 저 새댁 좀 보소. 엉덩이를 저리 치켜들고 있으면, 뭐야, 박아달라는 거야?"

마을 입구 슈퍼아저씨의 목소리였다.

"흐흐흐. 이 사람도 참."

뜨문뜨문 방앗간 아저씨의 목소리도 들린다.

그리고 어느 누구보다 또렷하고 힘찬 남편의 목소리가 뒤따라 나왔다.

"흠, 글쎄올시다. 형님들, 내 오늘 한번 싸그리 풀어버릴 테니 실컷 놀아들 보소. 대신 오늘 판은 없었던 걸로 하는 거요. 어쨌거나 형님들이 손해 볼 일은 없응께. 밑이 상당히 좋은 기집이거든."

처음엔 이해가 되지 않았다. 겨우겨우 머리 회전이 되어가는 순간에도… 남편의 도박벽에 내 아랫도리가 싼값으로 팔려나간다는 사실이 도저히 믿어지지 않았다.

"가지 하나 이리 줘 보슈."

슈퍼아저씨가 내 광주리에 있던 가지 중 제일 길고 통통한 것으로 집어 들었다.

"몸빼 좀 내려 보소."

"……."

머뭇거리는 내게 남편이 화를 낸다.

"아, 빨리 못 해."

허벅지가 드러날 만큼 쭈뼛쭈뼛 아래를 내렸다. 모멸감에 벌써 축축하게 젖어든다.

다시, 슈퍼아저씨가 말한다.

"아니지, 조금 더 내려야 뭔 일이 되지 않겠어? 거참 답답하구먼. 다리도 좀 벌리고 말야."

나는 몸빼와 팬티를 허벅지 아래로 완전히 내리고 다리까지 벌린 채 수치심에 얼굴을 감쌌다. ……슈퍼아저씨가 다리 사이로 아까 그 가지를 쑤욱 밀어 넣었다가 꺼낸다.

"거봐, 이거, 이거, 젖어 있는 것 좀 봐. 먼저 젖어 있었으면 강간이나 추행이 아니라는 것쯤 요즘 상식이라구. 알아?"

도박에 의한 거래와 젖어 있었음으로 인한 원죄가 맞물려, 나는 남자들의 말에 순순히 따를 수밖에 없었다.

두께도 길이도 테크닉도 아주 다른, 두 남자의 물건이 내 XX에 번갈아 꽂혀가며 윤간을 당하고 있자니 이 또한 꽤 묘한 느낌이다.

남편이 말했다.

"여러 번 해드려. 오늘 돈 많이 잃었응께."

*

집으로 돌아왔다.

저녁도 못 먹었다. 가지 따러 가서는 뭐하다 지금에야 들어오냐는 시어머니 잔소리도 남편의 붉으락푸르락하는 얼굴 앞에서 금세 사그라들었다.

방에 들어가서 나는 이유 없이, 아니, 이유 있게…… 적반하장 격으로 실컷 얻어맞았다. 그리고 TV를 크게 틀어놓고 다시 성 고문이 시작되었다.

"다른 놈들한테 다리 벌리고 엉덩이 흔들면서 그렇게 기분 좋은 표정을 지어? 그렇게나 좋아죽겠다는 소리가 나와?"

남편은 내 아랫도리에 자신의 화난 물건을 넣어 박으며 가슴을 주무르고 젖꼭지를 떨어지듯 비틀어 꼬집으며 괴롭혔다.

그리고 다시 씩씩거리며 말한다.

"나한테는 부끄러우니 뭐니 하면서 피하더니 다른 놈들한테는 궁둥이까지 벌려주고 말이야."

그건…… 어디까지나 도박 빚 갚아야 한다고 해서였는데…….

남편은 안 그래도 이미 피가 맺힌 듯한 내 미잘에 다시 자신의 커다란 물건을 억지로 밀어 넣는다. 완벽하게 찢어지는 느낌…… 나는 아까 하우스에서보다 훨씬 큰 신음소리를 내며 엉덩이를 더 크게 흔들었다. 남편은 그제야 화가 좀 풀리는 듯 내 얼굴에 정액을 뿜고 대충 마무리를 했다.

늦은 저녁 밥상, 가지무침을 맛있게 먹어대는 남편의 무심함에 나도 모르게 한숨이 나온다.

19금 WXY

수면제

화장실 변기에 앉다가 깜짝 놀라 눈을 떴다. 몽중방뇨의 결과란 잠시 짜릿하니 따끈했다가 서서히 차가워지는, 말할 수 없는 우울함과 두고두고 쪽팔리는 지도의 기억임을 경험으로 이미 터득하고 있는 까닭이다. 그건 그렇고, 꿈을 꾸고 있으면서 그게 꿈속이란 사실을 나는 어떻게 알았을까. 난 이럴 때마다 내가 한 번씩 존경스럽다.

천근같은 몸을 일으켜 일단 볼일부터 보고 그렇게 빠져나간 수분을 또 물 한 잔으로 보충했다. 벌써 열두 시가 다 되어간다. 머리가 아프다. 방금 들어간 물 한 잔이 꼬륵꼬륵 굽이치는 배를 안고 냉장고 문을 열었다. 평소 같았으면 이것저것 들춰보고 꺼내보고 하겠는데 오늘따라 냉장고 특유의 냄새가 상당히 비위에 거슬린다. 콩나물국이 들어앉은 냉장고 문을 닫아버리고 그냥 라면을 끓이기 시작했다.

얼큰한 라면국물에 쓰리던 속이 알싸하게 풀려오는 느낌

뒤로 얌체도 없는 나른함이 또다시 고개를 쳐든다. 남긴 면발을 개수대에 쏟아 붓고 TV 앞에 비스듬히 누웠다. 그러고는 이 채널 저 채널 돌려가며 마루에 깔린 돗자리 위를 징하게 뒹굴거렸다.

"일어났구나. 뭐 좀 먹었니? 속은 괜찮고? 넌 무슨 여자애가 술을 그렇게나 떡이 되게 마시냐……."

다 긁어내면 밥숟갈 하나는 족히 나올 정도로 짙은 화장을 한 엄마가 양손에 뭔가 잔뜩 사들고 마룻바닥을 쿵쿵 울리며 기세 좋게 들어온다.

"백화점 갔었어요?"

"으응, 그게, 뭐 좀 바꿀 게 있어서……. 들어오는 길에 염색도 좀 하고."

……염색?! 나도 모르게 한쪽 눈썹이 꿈틀 움직였다. 벌떡 일어나 손거울 하나 집어 들고 냅다 욕실을 향해 뛰었다.

"쟤가 또 왜 저런대? ……왜? 배탈이라도 난 거야?"

엄마 말에 대답할 여유 따윈 없다. 거울 앞에 섰다. 머리꼭지며 뒤통수를 요리조리 비춰 본다. 어제 술자리에서 강 대리가 알려준, 내 새치의 존재…… 진짜로 있다. 꽤 많다. 아니, 무지 많다.

하나, 둘, …열, …스물, ……. 이리저리 머리를 들춰가며 흰머리, 아니 새치를 전투적으로 뽑아나갔다. 참으로 알 수 없는 게 사람 심리다. 한참을 그러고 있자니, 나도 모르는 새 은색으로 변해 있는 내 머리카락 한 올 한 올에 대한 아쉬움보다는 찾아서 하나씩 뽑아나가는 쾌감이 더 크게 다가오는 것 같다. 우스운 노릇이다. 없으면 좋을 새치를 찾아내면서 다 늦은 나이에 숨바꼭질의 묘미를 즐기고 있다니. 갑자기 눈앞이 뱅글뱅글 돈다. 아니, 이놈의 새치들이 하필 왜 꼭지 뒤로 자리를 잡아서는……. 일단 대충 뽑긴 했는데, 한두 번 뽑는다고 안 올라올 녀석들도 아니고……. 이거…… 나도 조만간 염색을 시작해야 하나…… 우울하다.

거울 속을 빤히 들여다본다. 일어나서 아직 세수도 안 한, 인간미가 물씬 풍기는 부스스한 몰골……. 한숨이 새어나온다. 미간은 왜 이리 쓸데없이 넓은 거야? 코랑 입술은 또 왜 이리 가깝고. (차라리 내가 미의식과는 전혀 무관한 세계의 인간이면 좋겠다. 그냥 그런대로 만족하고 살게.) 얼굴형이며 눈 코 입 하나하나 뜯어보면 분명 전부 수준급인데…… 쩝, 조합 · 배치상의 문제다 보니 딱히 방법이 없다. 성형선진국인 대한민국, 하지만 그 혜택과 전혀 동떨어진 사각지대에 놓여 있는 내 얼굴……. 차라리 성형수술 같은 게 없다면 얼마나 좋았을까. 그럼 나도 중간 이상은 충분히 될 텐데.

*

밤이다. 자려고 누웠는데 잠이 안 온다. 먹는 거랑 자는 거 만큼은 전천후인 내가 그깟 낮잠 좀 잤다고 이렇게 잠이 안 올 리가 없는데…….

갑자기 '여자들의 불면증엔 자위가 최고' 라고 주장하던 김 선배의 말이 머리를 스쳤다. 대부분의 여자들이 자위를 할 때면 반드시 오르가슴에 도달하게 되는데 그 결과, 예민하게 깨어 있던 뇌가 나른해지고 따라서 잠이 오기 마련이라는 논리였다.

정말 효과가 있을까?

(-.,-); ……안 된다. 될 듯 될 듯 하면서 안 오른다.

그도 그럴 것이 잠을 못 이룬다는 건 의식이든 무의식이든 뭔가 고민을 안고 있는 경우일진대, 어떻게 그쪽으로 정신 집중이 되고 오르가슴에 오르느냔 말이다.

그건 그렇고 지금 내가 뭔 고민을 하느라 이렇게 잠이 안 오는 거지? ……관두자. 무의식세계의 고민까지 떠안아서 뭘 어쩌려고? 그나저나 내일 아침엔 다크서클이 꽤나 환상적으로 생기겠구먼.

잠 못 드는 이에게 밤은 기나니…….

이럴 땐 인터넷처럼 고마운 친구도 없다. 미시들의 수다방으로 들어갔다. 남편 흉보고 시집식구 욕하고 애들 걱정에 늘어가는 주름 고민까지……. 근데 이렇게 그녀들의 삶을 들여다보고 있자니 어째 이 밤이 더욱 서글퍼지는 것만 같다. 아마 말로는 표현되지 않는 그녀들만의 어떤 오만함을 발견한 까닭이리라. (그렇다. 그들에게는 그들을 아내로 맞아준 남편이 있다.)

꽤나 방정맞은 소리와 함께 휴대폰 문자가 떴다. 누구지? 이 시간에…….

– 자냐? 안 자면 전화해라!

대학병원 정신과에서 일하는 현주다. 이 야심한 시간에 연락할 수 있는 가장 만만한 후보자 명단에 올라 있다는 건 그리 기뻐할 일이 못 된다. 그래도 반갑다. 늦은 밤 솔로끼리 나누는 수다의 미학은 즐겨본 자들만이 안다.

이런저런 수다로 벌써 한 시간째 전화기를 붙들고 누웠다.

"근데 솔로와 싱글은 어떻게 다른 거지? 솔로는 처녀 · 총각, 싱글은 이혼녀 · 이혼남, 설마 그런 건 아닐 테고."

"글쎄, 솔로는 혼자인 걸 즐기는 사람이고, 싱글은 외로운 사람이란 뉘앙스를 풍기는 것 같은데?"

"아냐, 어쩜 함께 놀아줄 상대가 아쉬운 사람을 솔로, 함께 자줄 상대가 아쉬운 사람을 싱글이라 하는지도 몰라. 거 왜, '싱글' 하면 우선 싱글침대부터 떠오르잖아?"

난 잠시 내가 솔로에 가까운지 싱글에 가까운지 생각했다. 그녀도 마찬가지였으리라.

"참, 있잖아……."

뭔가 생각난 듯 현주가 가라앉았던 목소리 톤을 갑자기 정상궤도로 끌어올렸다.

"지난주에, 결혼한 지 2년째라는 한 젊은 여자가 상담을 왔었는데 말야, 글쎄 남편이 갈수록 변태 짓을 하는 바람에 미치겠다는 거야."

나는 귀를 쫑긋거렸다.

"변태 짓? ……어떤 식으로?"

"머리를 못 자르게 한대. 파마도 못하게 하고."

"그게 변태랑 무슨 상관인데?"

"그러니까…… 단정하게 묶은 긴 생머리를 뒤에서 말고삐처럼 틀어쥐고서 하는 걸 즐기는 거지. 마무리는 꼭 그 체위로 한다나 봐. 게다가 마지막 사정할 단계에 접어들면 '이랴, 이랴' 하면서 더 세게 조이고 더 빨리 흔들라고 엉덩이까지 때린대. 그것도 있는 힘껏."

"그 남편, 혹시 지루 아냐?"

"그런지도 모르지."

"어쨌거나 그 여자도 어느 정도는 그걸 즐기는 부분이 있는 거 아닌가? 그렇지 않고서야 어찌 그렇게 시키는 대로 대주고 사냐? 정도의 차이야 있겠지만 원래 섹스라는 게 여자는 피학적으로 될 소지가 다분한 게임이잖아."

"글쎄, 뭐 그 정도까진 자기가 허용할 수 있는 범위였는지도 모르지……. 근데 그 다음부터가 문제야. 얼마 전엔 성인용품점에서 수갑이며 채찍 같은 걸 사 왔더란다. 그것도 여러 개씩."

"흐음…… 꽤나 엽기적이네."

"그리고 요즘은 잠자리를 가질 때마다 아예 '오늘은 어떤 걸로 맞고 싶냐, 아님 맨손으로 때려줄까' 하면서 시작한대. 그럴 땐 전혀 다른 사람이 된다나?"

"……결국 그 여잔 골라 맞는 묘미를 두고두고 즐길 만큼 피학적이진 못했단 얘기네?"

보통 여자라면 펄쩍 뛰고 질색을 해야 할 이야기에 어째 나는 기분이 쬐끔 묘해진다. (내게도 마조히스트적인 성향이 있었나?) 삼십육 년간 굶어온 본능에 빈약한 상상력이 총동원되면서 도무지 수다에 집중할 수가 없다. 나도 모르게 불두덩을 거쳐 다리 사이로 손이 간다. 현주도 나랑 비슷한 욕구를 느꼈음인가. 우린 누가 먼저랄 것도 없이 잘 자란 인사를 나누었다.

나는 두어 시간 전에 실패했던 그 행위에 다시 도전했다. 이번엔 엎드려서…….

……질펀한 전초작업 때문이었는지 이내 전율을 느끼고 만다. ……너무 빨리 끝나서일까…… 이렇게 허탈하고 모자란 느낌이 드는 건. ……베개를 끌어안았다.

……갑자기 잠이 쏟아진다. 수면제가 따로 없다던 김 선배 말이 맞나 보다.

아마도 내일 아침, 나의 피부는 광채를 발하리라…….

19금 WXY

위풍당당

어느 날 갑자기 지도교수님이 내게 말했다.

'서울에 있는 자매 대학에 줄을 대겠다' 고…….

이건, 엄청난 배려다. 일본에선 '코네', 즉, '연줄' 이 가장 중요한 출세 수단이기 때문이다. 줄을 잘 서고 못 서고에 따라 천지차가 나는 사회, 물론 돈도 가끔 중요한 역할을 하겠지만, 아마도 우리나라의 십 분의 일 정도의 비중 아닐까 싶다.

나를 마치 자신의 아들처럼 생각하는 교수님이 나를 위해 짜놓은 시나리오는 대충 이러했다. 대학원 졸업 전에 서울로 나가서, 자신과 절친한 교수 밑으로 편입할 것, 그리고 열심히 조교(조수) 역할을 할 것, 그 교수의 신임을 얻어서 비상근 강사(시간강사), 상근강사(전임강사)를 거쳐 자연스레 교수님 자리를 물려받는 것. 다행히(?) 그 교수가 정년퇴임을 몇 년 안 남기고 있다는 말까지 덧붙이며 기분 좋게 웃었다.

……하지만…… 한국을 잘 모르는 그였다. 시간강사까지야 적당히 그의 계획이 통할 수 있겠지만, 전임강사부터는

대학재단과 모종의 '거래'가 있어야 함을 한국의 알 만한 사람은 다 안다. 물론 아주 뛰어난 실력, 인성 등이 고루 갖추어진 재원이라면 아주 깨끗한 손으로 강단에 설 수 있겠지만.

나는 감사히 사양했다. 늘 환자만 상대하는 의사나 사시사철 분쟁 속에서 살아가는 판검사나 변호사, 항상 머릿속에 숫자를 굴려야 하는 사업가나 이리저리 몰려다니며 지들끼리 쌈박질해대는 정치가 등에 비하면 확실히 폼 나고 멋있는 직업이긴 하다. 매일매일 자신보다 젊고 어린 학생들과 호흡을 같이 하니 얼마나 상큼한 일인가. 분명 최고의 직업일 것이다.

하지만 난 실력만으로 교수대열에 끼긴 힘들 것 같았다. 그저 동경 유학생 출신이라는 것 말고는 딱히 내세울 만한 게 없으니까. 수년간 해외유학에 자신이 집필한 전공서적이나 학술논문 등을 바리바리 싸들고 다녀도 힘들다는 게 전임강사 자리 아닌가. 당연한 일이다, 교수채용 광고가 신문에 실릴 때쯤 이미 내정자는 정해져 있다고 하니.

……물론 외동아들 하나 교수 만드는 데 들어갈 돈을 아까워할 부모님은 아니다. 어떤 자리 하나 꿰차고 앉을 가능성은 충분히 있었다. 하지만 나는 고개를 저었다.

의아한 표정을 짓는 교수님께 다른 부탁을 했다.

"저기…… 공부가 좀 지겨워져서요. 그냥…… 대학 말고,

기업 쪽으로…….”

교수님이 다리를 놓아준, 일본 최고의 회사에서 잠깐 근무했다. 하지만 그것도 그리 오래가지는 못했다.

회사를 관두고도 집에 바로 돌아가지는 않았다. 일 년도 안 돼서 잘나가는 직장 관둔 모습을 부모님에게 보이고 싶지 않아서. 부모님 몰래 회전초밥 집에서 벌써 일 년을 넘기고 있다.

*

하루 종일 서서 일하는 까닭에 의자를 보면 앉을 생각부터 하는 습관이 생겼다. 그런데 네 명은 족히 앉을 수 있는 긴 의자에 옆으로 길게 누운 한 노숙자가 눈에 들어온다. 참 특이한 노숙자다. 주로 노숙자는 종이박스로 만든 자신의 집에서, 또는 사람들 발길 없는 벽 쪽의 구석에서 쭈그리고 자는 게 보통 아닌가. 그런데 이 사람은 너무도 당당하게 자리를 잡고 있다. ……그나저나…… ……? ……! 가만 보아하니 눈에 익은, 아는 얼굴…… 긴가민가하여 다시 그 옆을 왔다 갔다 하며 그 얼굴을 자세히 들여다봤다. ……맞다. 영준이. 그 부친이 엄청난 땅 부자로 떵떵거리며 살았던, 학교도 공부도

돈으로 온통 칠갑을 했던, 일찍이 미국으로 유학을 떠났던, 그 영준이다.

가만 보아하니 피골이 상접한 게 밥도 제대로 못 먹은 상태…… 잠시 망설이다 흔들어 깨웠다.

"야, 영준아, 인마."

그는 실눈으로 내 얼굴에 초점을 맞췄다.

"어? 너……."

"그래. 나, 용찬이. 근데 여기서 뭐해?"

"뭐하긴. 자고 있는 거 안 보이냐."

내 참. 멋있는 녀석이다. 웬만하면 민망해할 법도 한데 그 옛날의 그 당당함을 그대로 지니고 있다.

"자, 어쨌거나 우선 밥부터 먹자. 나도 출출했었는데."

"그래? 잘됐다. 난 하루 꼬박 굶었거든. 하핫."

"뭐 먹을래?"

"초밥."

비싼 초밥이란다. 녀석, 다시 한 번 멋있어 보인다.

일단 마트 가서 냄새나는 옷을 좀 갈아입히고 내가 일하는 식당으로 향했다.

*

회전초밥을 비싼 300엔짜리로만 열댓 접시 해치우고 뜨끈한 녹차에 트림을 거듭하고 있는 그에게 물었다.

"어쩌다 이러고 있냐."

"미국 가서 노름하다가…… 가산 다 탕진했지 뭐."

"부모님은."

"몰라. 안 본 지 꽤 됐어."

"미친 새끼!"

"……."

"야! 니가 지금 이러고 있어서 될 때냐, 딴 건 다 집어치우더라도 우선 부모님 생각 좀 해봐."

"……."

포장마차에서 술을 꽤 마셨다. 그리고 코를 골아대는 그의 주머니에다 내 지갑에 들어 있던 지폐를 전부 쑤셔 넣어주고 폰 번호를 남겼다.

*

두어 달쯤 지났을까. 그에게서 연락이 왔다. 자신이 만든 '밥' 먹어 보지 않겠냐고. 달려가 보니 드라마 촬영지에서 조그만 손수레에 끌고 다니는 밥차를 하고 있었다. 비행기

표 값만 구해지면 부모님이 계시는 한국에 들어갈 생각이라고 한다. 비행기 티켓쯤, 당장이라도 구해줄 수 있지만 그에게는 그의 계획이 있을 터, 나는 그 얘기를 그저 반가워했다. 그는 역시 당당했다. 밥차를 끌어도 사람들이 한 번씩은 돌아볼 만큼 멋있고 위풍당당했다.

그리고 무엇보다, 고단새 그에게 여자가 생겼다. 꽤 매력 있는 여자였다. 가슴은 봉긋하니 예뻤고 허리는 적당히 들어갔고 엉덩이는 야하게 컸다. 또한 입술의 움직임이 XX를 연상케 하고 귓불이 소음순을 연상케 했다. 나도 모르게 입맛까지 다시며 흘끔흘끔 친구의 여자를 훑어보고 있는데, 그는 그러한 내 야한 심사도 모르고 건전한 자랑을 해댄다.

"내가 그렇게 개처럼 떠돌면서 나도 모르게 사람 관상을 좀 보게 됐는데 말야. 내가 죽었을 때 가장 슬퍼하고 가장 많은 눈물을 흘려줄 여자라는 느낌이 처음 봤을 때 딱 오더라. 그보다 더한 사랑이 어딨겠냐. 그래서 이 친구랑 결혼하려구."

*

오늘도 친구의 여자를 상대로 마스터베이션을 했다. 나이 탓인지…… 자위 후의 허전함이 점점 더 힘들어진다.

……나도 이제 그만 돌아갈 때가 아닐까……. 돌아가서 부

모님 등쌀에 못 이기는 척 결혼을 서두르고 싶다.

*

회전초밥 집을 그만두고 짐 정리를 시작했다.

보칼리제

뜬금없이, 11살 차이밖에 안 나는 외삼촌이 어른스레 점잔을 떨며 말한다.

"우리가 인간성에 대해 알고 있는 유일한 것은, 아마 그것이 변화한다는 걸 거야."

"……."

"사랑은 슬프고 웃프고……."

"……."

"왜 사랑했는지 어떤 모습을 사랑했는지 어쩌면 그때로 돌아갈 수 있는지……."

"……."

"아무리 사랑해 본들 사랑처럼 헛도는 단어도 없는 것 같아."

"……."

"완벽한 사랑은 완벽한 열정일 뿐이야. 열정만 식으면 그 사랑은 물거품이 되고 말거든."

"……"

"사랑처럼 허무한 일도 없어. 늘 습관처럼 바뀌니까……."

"……"

"우린 어차피 그리움을 안고 살아가야 하잖아. 잊어버리기엔 너무나 무거운 잔상들과 함께."

"……"

"처음의 설렘은 익숙함과 권태로, 관심은 불신이나 집착으로 이어지곤 하지……."

"……"

"사랑, 그거 꼭 버블게임 같지 않아? 아롱아롱 무지개까지 안고 피어오르다 한순간에 톡톡 터져버리는 버블……."

"……"

"그래도…… 죽느니 사느니 해도…… 그래도 다 살아지더라……."

엊그제 내가 놓아버린 사랑에 대한 조언들인가 보다. 재미없다. 잘 알지도 못하면서 일반론을 이리저리 갖다 붙이는 그의 말투에 짜증이 났다.

"그런 거 아니에요. 사랑하다 식어서, 지겨워져서, 그래서 헤어진 게 아니라구요. 다른 여자한테 뺏긴 것도 아니구요."

"……?"

"단지 자존심의 문제였어요. 날 벌레 취급하는 그 부모의 눈빛……."

"……그랬구나."

"자존심에 생채기 생길까 봐 지레 관뒀어요. 그런 게, 그까짓 게, 무슨 사랑이래요."

"……그래도…… 뭐랄까…… 많이 그립지는 않아?"

"……그 눈빛들 생각하면 그나마 견딜 만해요……."

"후회하지 않을 자신 있어?"

"……."

"그 부모라는 인간들, 원망할 수 있는 권리를 포기해 봐. 그러면 조금은 편해질 테니."

"……?"

"헤헷. 나도 잘 모르겠어. 기존 어휘들이 생각을 제한하는 것 같기도 하고. ……우리 간단히 행동하자. 그냥 어제까지의 나를 떠나보내는 거야. 훌훌 털어 버리자구."

"……."

"감정에 휩쓸리지 마. 그거, 별거 아니더라구. 감정이란 거, 그거, 결국엔 행동을 따라가게 돼있어. 무조건 바깥바람 자주 쐬고 영화도 보고 노래도 부르고……."

"……."

"이상하게 나두…… 걸어도 걸어도 모퉁이만 나오더라구.

나도 많이 힘들게 살아왔어."

"……."

"나중에 몇 년 있다가 '서른 즈음에' 란 노래 한번 들어봐. 아마 그때쯤 많이 나아져 있을 거야."

……

어른인 척, 계속 종알종알 그다지 영양가 없는 말만 해대는 삼촌에게 이번엔 내가 물었다.

"삼촌은 왜 이혼했어요?"

"……."

갑자기 말이 없다. 괜히 물어봤나……. 남은 토마토주스를 홀짝 들이켜는데 그가 한참 늦은 대답을 한다.

"……마치…… 액체수소탱크 같았으니까……."

*

그가 말했다.

"옷 좀 사줄까. 이제 곧 겨울인데 풍성한 걸로다가."

나는 아까부터 입술 사이에 간질거리던 말을 꺼냈다.

"삼촌. 혹시 뭐 부탁할 일 있으세요?"

"응? 부탁?"

"아님…… 옛날 애인이랑 제가 좀 닮았다거나 뭐 그

런…….”

그는 싱긋 웃으며 살래살래 고개를 저었다. 한두 마디만 더 하면 무슨 말이든 나올 것도 같았지만 솔직히 그런 개인사에는 별 관심 없다. 나는 다시 현실적인 매듭을 지었다.

“네, 사주시면 당근 땡큐죠!”

⁂

……어느새……

삼촌과 나는 요즘……

묘하기 짝이 없는, 연인 비슷한 사이가 되어 있다. 처음엔, LA에 계신 엄마가 사촌동생인 삼촌에게 내 보호자 역할을 부탁했던 건데…….

⁂

봄 학기. 구내 서점에서 교과서를 구입하고 있는데, 친구 하나가 급히 날 부른다. 그리고 윤리학 책 한 권을 가리킨다. 나는 뭔가 싫어 그 책을 들었다. 일 년 전쯤 내게 마음을 표현했던 괴짜 교수(책장에도 책은 몇 권 안 되고 위스키만 가득했던, 턱수염 탓에 나이보다 열 살은 더 많아 보이던)가 쓴 새 학기용

교과서. ……보아하니 책의 속표지에 내 이름 석 자가 들어 있다.

– 이윤선에게 –

……큰일 났네. 이거, 이상하게 소문나면 어쩌지?

역시나 소문은 교수들에게나 학생들에게나 발 빠르게 움직였다. 그 교수는 시말서를 썼으며 감봉 처리를 받았다고 했다. 나는 학부에 불려가서 이런저런 기본적인 '심문'을 받고 나왔다. 휴학하고 싶은 마음이 굴뚝같았으나 오히려 떠도는 소문을 사실로 인정하는 꼴이 될 수도 있다는 삼촌의 만류에 생각을 돌렸다.

기분전환이나 하자는 삼촌 손에 이끌려 백화점에 왔다. 꿀꿀할 때 여자들이 가장 즐겨 찾는 곳이 백화점임을 아는 남자다. 이것저것 건드려가며 한참 기분전환을 시도하고 있는데 그가 자꾸 태클을 건다. 지갑까지 미리 꺼내들고 이것도 사라, 저것도 사라, 사람을 재촉한다. 그가 골라주는 옷들을 사서 바리바리 택배 코너에 맡기고 지하 1층 식품 코너에 들렀다. 카스텔라나 한 줄 살까 하다가 코너 모서리에 설치된, 카트 충돌 방지용 턱에 발이 걸려 그만 큰 대자에 가깝게 엎어지고 말았다. 카스텔라를 고르고 있던 그는 엄청난 순발력으로 내 어깨를 끌어안다시피 돌려 내 얼굴부터 살폈다.

"후유…… 자, 일어나 봐. 다른 데는 어때? 다친 곳은?"

사람들 보기에 쪽팔려서 아픈 표정도 제대로 못 짓는 날 일으켜 세우고 연달아 다행이라는 듯 한숨을 내쉬며 그는 내 원피스를 털어주었다.

*

"……근데, 정말 아무 사이 아니었어?"

"뭐가요……?"

"아니, 그러니까 그 교수…… 미친놈 아니고서야……."

나도 모르게 욱하니 숨이 막혔다.

"……진짜 미친 건 삼촌이에요. 관두자구요, 관둬."

말싸움이 몸싸움으로 번졌다. 어제 쇼핑했던, 방금 배달받은 물건까지도 던지고 밀치고…… 그는 내 흥분을 가라앉히려 갖은 애를 쓰더니 갑자기 나를 무조건 침대에 눌러 앉혔다. 그리고 힘으로 제압했다. 조금 진정이 되고 보니 그가, 어젯밤 사우나에서 다친 내 새끼발가락을 입에 물고 있었다. 아까 티격태격할 때 발견했나 보다. 간지러울 만큼 오물오물 빨아댄다.

……그 행위는……

끝내 섹스로 이어졌다. 나이 스물넷에 첫 경험. 요즘 세상에, 이른 건지 늦은 건지 알 수는 없으나 그 대상이 삼촌이라니 참 요상한 느낌이었다. 언제 싸웠는지 가물가물…… 그나저나 이건…… 본격적인 근친애…….

나는 그의 팔을 베고 도란댔다.

"어른들한테는 어쩌죠?"

"일단 숨겨야지, 뭐."

"그러다 걸리면?"

"……음……."

"끝낼 거예요?"

"……사실은 얼마 전에 알아봤는데 우리 둘, 인척사항이 법적으로도 문제가 좀 되더라구……."

"흐흐흐…… 삼촌, 나한테 벌써부터 흑심이 있었구나."

"그럼 내가 바보야? 흑심도 없이 간이고 쓸개고 다 빼주게."

"잠깐. 그러면 혼인신고를 못 하는 건가?"

"그것보다…… 부모님이 제일 문제지. 나이든, 그것도 동생이란 놈이 어린 딸이랑 붙어 있는데 누가 좋다 그러겠어."

"그럼 끝까지 숨기면 되지 뭐. 쿨하게."

"안 돼. 난 그렇게는 못 살아. 내가 널 얼마나…… 암튼 그건 절대 안 돼. ……결혼식이야…… 우리 둘이서, 아니 아주 친한 친구들 몇 데리고 외국 나가서 한다 하더라도…….”

뭐가 뭔지 모를 말들을 한참 주고받다가…… 우린 다시 한 번 뜨겁게 서로의 체온을 나누었다.

두 번에 걸친 섹스로 처녀막이 제대로 파열돼서 생리대를 차고 있는데 그가 내 잠옷 밑으로 또 손을 넣는다. 손가락은 리듬을 타며 연신 움직였다. 팬티 아래 클리토리스에 손끝이 닿고 그것을 만지작거리기만 해도 자위할 때와는 또 다른 느낌의 소름이 돋는다.

그는 머리끝에서 발끝까지 나를 사랑했다. 정수리도 빨고 발바닥도 핥았다(스멀스멀 코끝을 스치는 타액의 냄새가 그리 상큼한 것은 아니었으나, 그리고, 다시 샤워를 해야 한다는 게 좀 귀찮기도 했으나)……. 암튼 그와 나의 잠자리는 흔히 얘기하는, 남자들의 본능적 욕구충족을 위한 것이 아닌 것만은 확실했다.

*

하루는……

꽤나 격한 섹스 후, …… 나른하기 짝이 없는 상태의 내게 그가 말한다.

"저기…… 있잖아……."

"……?"

"털 말이야…… 밀어버리면 안 될까…… 훨씬 예쁠 텐데."

잠깐 멍했다가 쏘아댔다.

"안 돼요, 난 또 무슨 말인가 했네, 그래 가지고 사우나며 찜질방, 온천, 어떻게 가라구욧."

*

사흘 후, 결국 나는 그의 부탁을 들어주게 되었다.

그는 아주 부드러운 쉐이빙폼을 가득 바르고 면도날로 아주 면밀하게 밀기 시작했다. 대음순과 소음순의 사이사이며 애널의 협곡이며 겨드랑이까지(그는 느끼지 못했을지 모르나 실은 이 변태 같은 행동에 따르는 야릇한 수치심에 나는 계속 찔끔찔끔 젖어 나왔다).

드디어 빽빽하고 풍성했던 밀림이 갑자기 민둥산으로 변해버렸다. 꼼꼼히 닦고, 뜨끈한 타월스팀으로 마무리하고 나니 참으로 알 수 없는 느낌. 손을 가져가 보았더니 보들보들한 아기 피부가 되어 있다. 나도 모르게 웃음이 돌았다.

앞으로 털 정리는 전부 삼촌에게 맡겨 볼까나…….

*

장난기가 발동했다.

"삼촌도 다 밀어버리면 어때요, 훨씬 야하고 좋을 텐데."

"아, 그건…… 여자하고 달라서 안 예뻐."

"어떻게 알아요?"

"그런 남자 본 적이 있걸랑. 완전 그로테스크야."

"암튼 한 번만이라도 해봐요. 영 아니면 다음부터 안 하면 되는 거구, 그쵸?"

"그럼…… 그래 볼까?"

나는 욕실로 가서 쉐이빙폼과 면도날을 가져왔다. ……성질 급한 그는 이미 아랫도리를 내리고 누워 있었다.

그녀

그녀였다. 옛 모습 그대로의…….

나도 모르게 한 걸음 떼다가 발끝을 돌렸다.

다가서고 싶었지만 우리의 지난날이 나를 막아섰다.

그녀가 이쪽으로 시선을 던진다.

반사적으로 등을 돌렸다. 그리고 걷기 시작했다.

……그녀는……

나의 뒷모습을 알아보지 못할 것이다.

*

한때 내 성욕을 채워주던 여자, 내게 모든 걸 걸고 희생을 감수했던 여자, 나에게 다른 여자가 생겼음을 알고는 그길로 떠나버린 여자…….

그녀는 대학 동아리 2년 선배였다. 늘 나부터 생각하고 챙겨주는 배려심이 내겐 마치 할머니나 엄마랑 함께 있는 듯한 느낌이 들게 했었다. 그런 점에 있어서 그녀는 여자로서의 매력이 거의 없었다. 내가 이상한 건지 모르겠지만 나는 왠지 조금 가시가 있는, 도도한, 남자를 돌쇠 부리듯 하는 여자에게 끌리는 편이었다.

그녀와 동거를 하게 된 것도 그녀가 좋아서라기보다 술김에 그녀를 집으로 끌어들였을 따름이고, 아침에 눈 떴을 때 말끔하게 정리된 방이며 이것저것 놓인 아침밥상에 매료된 탓이었다.

게다가 첫날은 술 탓에 잘 몰랐지만, 무엇보다 그녀는 잠자리에 있어서 최고였다. 너무 빡빡하지도 너무 축축하지도 않게 딱 적당히 젖었고, 삽입할 때면 늘 처녀막을 뚫고 들어가는 듯한 느낌이 환상적이었고, 피스톤운동을 할 때면 그에 맞춰 엉덩이로 절묘하게 리듬을 탔고, 한 번씩 수축이 오면 온몸을 뒤틀며 기분 좋은 소리를 질러 내 쾌감을 끌어올렸다. 그리고 어디서 배웠는지 내 성감대를 하나하나 찾아내서는 내 입에서도 신음소리가 나게 만들었다. 가끔은, 락스랄까 은행이랄까 암튼 그런 냄새가 나는 내 정액을 입으로 받아 꼴딱 삼키거나 나눠 마시는 장난도 재미있었다.

……하지만…… 세상엔 밤만 있는 게 아니지 않은가. 아침

이 되고 낮이 되고 저녁이 오면…… 그녀가 아닌 다른 여자들이 항상 내 주위에 넘쳐났다. 내가 잘생겨서인지 비싼 외제차를 타고 다녀서인지 알 수는 없지만…….

나는 계절이 두어 번 바뀔 때쯤 내 이상형에 거의 가까운 여인을 찾아냈고, 그 여인을 위한 반지를 골랐다.

차마 입이 떨어지지 않아 며칠을 망설이고 있었다. ……하지만…… 여자의 감, 느낌은 실로 대단했다.

'그간 좋았어요. 잘 지내길 바래요.'

단 한 장의 메모와 아침밥상을 남겨두고 그녀는 사라졌다.

어쩐지 전날 밤 그녀는 이상하리만큼 격렬한 섹스를 했다. 평상시 잘 하지 않는 체위도 이리저리 하고 내 위에 올라가기도 하고…… 내가 알아챘어야 했는데, 아니, 그냥 그리 둔하게 모르고 끝난 게 나았던 걸까.

*

나도 이제 나이가 좀 들었다. 어쩌다 보니 이혼남이 되었는데…… 왠지 모르겠지만 요즘은 얌전하고 수더분한 여자가 좋다.

……그래, 잠깐. 그렇다면…….

당장이라도 저기 서 있는 그녀에게 달려가고 싶다. 혼자냐고 묻고 싶다. 예전으로 돌아갈 수 없겠냐고, 잘못했다고, 무릎이라도 꿇고 싶다. 하지만 그러기에는 너무 큰 잘못이었고 용서받기에는 시간이 너무 많이 흘러버렸다.

무거운 걸음으로 서점을 나서는데, 갑자기 머리를 스치는 뭔가가 있다. 그녀의 몸, 그녀와의 섹스, ……그녀가 나 아닌 다른 남자의 품에 안겨 있을 모습을 생각하니 뒷목이 다 뻐근해진다.

……아니, 이건 아니다. 부딪히든 깨지든 일단 말이나 해보자.

나는 다시 발을 돌렸다. 그리고 그녀가 서 있던 문학 코너로 급히 향한다.

참으로…… 양심도 체면도 없는 인간이로다.

19금 WXY

물리실

등굣길. 지하철을 탔는데 좁은 귓속으로 옆자리 할머니 두 분의 이야기가 들려왔다.

가만 듣고 있자니 한 할머니는 신장염과 당뇨의 합병증으로 살날이 얼마 남지 않았다고…… 그런데, 그 와중에 나오는 말…….

"우리 딸내미, 내가 지금껏 간장 된장 고추장 다 담가줬는데 이제 곧 나 죽으면 어찌 살지…… 사위가 내 간장 아니면 차라리 소금을 넣으라고 한대. 고것들이 제일 걸리네."

말끝을 흐리며 훌쩍거리기까지 한다. 나도 모르게 천장을 바라보았다. 끝내 참지 못하고 눈물 한 줄이 귀 뒤로 흘러 넘어갔다. 내가 아닌 남을 위해 기도한 적이 언제였던가. 나는 얼굴도 제대로 잘 안 보이는 옆 할머니를 위해 기도를 올렸다.

"……하나님, 부탁드려요."

*

학교에 도착했다. 오늘도 나는 내 짝사랑 물리선생님을 보러 살짝 교무실을 다녀왔다. 우리 물리선생님으로 말하자면 웬만한 연예인보다 나은 외모와 칼칼한 성격을 지닌, 우리 학교 최고의 스타다. 그리고 내 자랑은 아니지만, 어쨌거나, 늘 전교에서 3, 4등 안에 드는 내 성적 탓에 그는 나의 존재를 다른 친구들보다는 조금 더 인식해준다. 다른 애들이 인사를 할 땐 대충 그냥 지나치다가도 내가 인사를 하면 살갑게 받아준다든가 하는 뭐 그런…….

*

……? 거울이 어디 갔지? 자율학습을 마치고 필통 정리를 하는데, 거울이 어디로 갔는지 안 보인다. 물리시간 전에는 반드시 거울을 보는 습관이 있는데 그 조그만 거울이 필통에서 사라진 거다. 누가 훔쳐갈 만한, 비싸거나 예쁜 것도 아니고, 분명 아까 물리실에다 놔두고 온 걸 게다.

물리실에 불이 켜져 있다. ……이 시간에……? 가만 들여다보니 우리의, 아니, 나의 물리선생님이 뭔가 물품정리를 하고 있었다. 앗싸! 이런 좋은 기회가 내게 오다니. 단둘이서 같은 공기를 마실 수 있는 이런 황홀한 기회가…….

거울은 지나치게 금방 찾았다. 어떻게든 그의 일을 도와주고 싶은데, 다 돼간다며 자꾸만 '그냥 먼저 가라' 고 그런다. 서운하고 섭섭하고……. 돌아서지도 돕지도 못하고 삐죽삐죽거리고 있자니 그러는 내가 조금 우스워 보였는지 그가 씨익 입 꼬리를 말아 올렸다. 우와, 언제 봐도 너무나 잘생긴 저 옆얼굴의 각도…….

삼십 분 정도 그를 도와 일을 끝냈다. 내가 아니었으면 아마 한 시간은 더 걸렸을 게다. 보아하니 뭐 정리하는 데는 영 소질이 없다. 나중에 내가 따라다니며 정리해주고 살면 얼마나 좋을까…….

……하아…… 둘만의 공간에서 밖으로 나간다는 게 서운하기 짝이 없다. 나도 모르게 어깨가 늘어지는데, 갑자기 그가 물리실의 불을 껐다. 그리고 날 뒤에서 끌어안았다. 심장이 쿵쾅쿵쾅 터질 것만 같다.

그는 입술을 내 귀에 바짝 대더니 기분 좋은 소름이 돋게 속삭거렸다.

“너, 나 좋아하지?”

“……네…….”

“그럼 나한테 당하고 싶다는 생각도 해봤겠네?”

“…….”

“벌써 나이가 몇인데, 자위도 해봤지?”

“……저, 그게…….”

“남자랑은 해봤어?”

“……아, 아뇨.”

“그래, 그럼 내가 오늘 처녀막 찢어줄게, 응?”

“…….”

“대답해. 내 처녀막 찢어주세요, 하고.”

“……제…… 처녀막…… 찢어……주……세…….”

그는 외모와 달리 입이 조금 거칠었다.

“이렇게 통통하게 살이 오른 조개는 처음이야. 쫀득쫀득 쫄깃쫄깃…….”

“…….”

“이리 멋진 XX라면 얼굴 상관없어. 앞으론 수업시간에 거울 안 봐도 돼.”

……쪽팔려. 내가 거울 보는 건 어찌 알았지…… 암튼, 첫 경험이지만, 처녀막이 찢어졌지만, 통증보다 쾌감이 컸다.

그의 거친 숨소리만 들어도 온몸에 전기가 흐르는 듯했다.

섹스를 끝내고…… 그의 런닝과 내 팬티로 뒷수습을 하고 있는데 아랫도리에 묻은 핏자국을 보면서 그가 말했다.

"아프지 않아?"

"아뇨……."

"그래도 산부인과 가봐. 혹시라도 염증 생기면 안 되니까……."

"……네."

"저기, ……우리…… 사귈까?"

"네?"

"사귀자구!"

*

우리는 커플이 되었다. 성적이 떨어지면 헤어질 거라는 그의 협박 때문에 나는 열심히 공부했고 바라던 대학에도 무난히 합격했다.

*

그는 나의 아랫도리를 정말 사랑해준다. 심지어 영화를 볼 때에도 손가락 한두 개는 내 바기나에 꽂고 있을 정도로. 그리고 영화의 엔딩 크레딧이 뜨기 직전이면 그 손가락을 내 입에 넣어 빨게 하기도 한다. 그의 말로는 '윗입' 도 '아랫입' 도 사랑해서라고 하는데…….

나는 여전히 그에게 궁금한 것이 있다. 내 바기나가 마음에 들어서, 오로지 그 때문에 사귀자고 한 건지, 그걸 제외하고도 내가 정말 좋은 건지…….

19금 WXY

삼류

나는 그림을 그린다. 온 마음을 다하여 열정적으로 그린다. 하지만 미전에서 수상한 경력이 단 한 번도 없다. 물론 공모전의 수상 여부는 그 전에 이미 돈으로 결정되어진다고, 미전뿐 아니라 사진전도 마찬가지라고, 뉴스에도 여러 번 났었다. 하지만 사람들 생각이 어디 그러한가. 뉴스는 보는 그 때뿐이고, 일단 수상경력이 붙으면 그림 값이 한순간에 치솟는데…….

나는 요즘 주로 여인을 그린다. 야하면서도 아름답고 뇌쇄적인 여인……. 단순한 풍경화보다는 그릴 때도 훨씬 즐겁고 사람들의 눈길도 많이 받고 결국 내 생활비가 되어주는 고마운 소재다. 누운 여자의 가슴이 벌어져 있거나 엎드린 엉덩이가 적당히 갈라져 있으면 특히나 높은 가격을 받는다.

오늘도 길거리에서 내 자존심이 어린 그림 네 개를 다 팔았다. 주머니는 두둑해졌으나 마음은 울적하기 그지없다.

*

밤늦도록 혼자 술을 마셨다. 그리고 집에 들어서는데…… 여덟 살짜리 딸아이가 TV를 보다가 소파에서 잠들어 있다. 이혼하고 혼자서 키우다 보니 이래저래 아빠로서 부족한 면이 많다. 미안하고 짠한 마음에 가슴이 다 먹먹해진다. 쌔근대는 딸아이를 들쳐 안고 침대로 옮겼다. 그리고 이불을 덮어주고는 다시 지하로 내려왔다.

잠시 긴 의자에 기대 앉아 하얀 캔버스에 눈을 두었다. ……그런데…… 갑자기 딸아이가 아른거린다.

'……딸아이를 저 화폭에 담고 싶다. 그야말로 때 묻지 않은 천사 아닌가.'

미친 생각이 미친 머릿속을 맴돈다.

한참 고민하다가 뭔가에 홀린 듯 화구를 들고 딸아이 방으로 살며시 들어갔다.

옷을…… 하나하나 벗겨낸다. 잠옷을 벗기고 팬티를 벗기고…… 참 이상한 일이다. 평상시 목욕을 시키거나 옷을 입히거나 할 때는 전혀 없었던 느낌, 기저귀까지도 내가 다 갈아 채워가며 키운 녀석이건만, 이 녀석이 오늘 밤은 나를 참 설레게 한다.

팬티에 축축하게 젖어드는 쿠퍼액…… 성욕을 애써 참아가며 딸아이를 화폭에 담는다. 욕구가 치솟을수록 더더욱 노골적으로, 그로테스크하게…….

*

요즘은 딸아이가 내 주된 모델이다. 그릴 맘이 있는 날은 아예 수면제를 먹여 재운다.

언제 이렇게 큰 걸까. 누굴 닮아 이리도 야하게 생긴 걸까…… 요 몇 달 새…… 가슴에도 제법 봉우리가 생겼다. 주로 엎드린 그림을 그리다가 요즘은 제대로 벗은 전라의 모습도 화폭에 옮긴다.

암튼 그렸다 하면 비싼 값에 내놓아도 무조건 팔린다. 아마도 어리고 야한 여자아이라는 것을 다들 알아채는 듯하다.

*

그나저나 점점 커 가는데, 얼마 전부터는(학교에서 뭘 어찌 가르치는지) 씻을 때나 옷 갈아입을 때도 부끄럽다고 문을 걸어 잠근다, 그래서 그런지 자꾸만 더 여자로 보인다.

그냥 이대로 섬에 들어가 살까…… 내가 딸아이의 든든한 남자가 되어주면 될 거 아냐…… 그녀는 오로지 간간이 내 그림의 모델이 되어주면 그것으로 감사할 따름…… 한 번씩 그림이나 내다 팔고…….

아니, 좀 더 솔직해지자. 나는 지금 내 딸아이에게 푹 빠져 있다. 어디로든 도망가서 둘이서 오순도순 살고 싶다. '아빠' 라는 호칭 따위야 얼마든 얼버무릴 수 있는 문제고, 사람 별로 없는 곳에 둘이서 살다 보면 결국 둘이서 정이 들 테고, 분명 딸아이도 날 남자로 보게 될 것이다. 외로워서라도, 야한 몸에서 우러나오는 성욕 때문에라도…….

*

오늘도 수면제 가루를 주스에 타 먹였다. 혹시라도 정신건강에 해로울까 봐 일주일에 한 번 정도로 제한하고는 있지만 그래도 마음이 영 편치는 않다.

냉장고에 남아 있던 소주를 좀 마셨다. ……그 탓인가, 자율신경이 자꾸 말을 듣지 않는다. 페니스가 바지 지퍼를 뚫고 나올 듯하고 한 번씩 어지럽기까지 하다.

……

해서는 안 될 짓을 하고 말았다, 술 탓에. 아니, 술을 핑계로.

딸아이의 아랫도리며 이불이며 온통 피가 묻어 있다. 아직 술이 완전히 가시지 않은 머리로 고민한다. 그리고 사악한 생각을 해냈다. 딸아이가 생리를 시작한 것처럼 위장하면 된다고, 모른 척하고 있다가 자상하게 아빠로서 설명해주면 된다고…….

TV 앞에서 이 프로 저 프로 돌려가며 거의 밤샘을 했다. 예상했던 대로 딸아이가 새파랗게 질린 얼굴로 방을 나온다.

내 거짓말들이 내 귓속 달팽이관을 파고든다. 딸아이의 예쁜 입가에는 생긋 미소가 돌았다.

"처음엔 빠를 수도 느릴 수도 있단다, 어떨 땐 몇 달씩. 암튼 어른이 되었다는 증거고 축하해야 할 날이야. 오늘 저녁은 진짜 맛있는 걸로 먹자, 응?"

레즈비언

또 한 해가 지났다. 그리고…… 잔인한 계절, 봄이 왔다.

오늘은 친구의 결혼식이 있었다. 부케를 내게 던지겠다는 그녀의 호의를 난 정중히 사양했다. 그리고 진심으로 그녀의 행복을 기원했다.

나는…… 남자에게는 관심이 없다. 다시 말해 결혼식과 별 관련 없이 사는 레즈비언이다. 그런데…… 나의 파트너, '그녀'가 요즘 너무 바쁘다. 분명 일만 바쁜 건 아니고…… 그녀의 내연녀인 나는 그녀가 한 번씩 선심 쓰듯 내주는 시간을 기다리며 한 달에 두어 번 그녀를 보는 낙으로 살아왔다. 요새는 그마저도 뜸하다. 못 본 지 한 달이 훨씬 넘었다.

……고약한 기생충 같은 스트레스가 나를 갉아먹고 있다.

지옥이란 사랑할 수 있는 마음을 상실한 데서 오는 괴로움이라 했다. 그런데…… 왜…… 그녀대신 내가 지옥에 있는 걸까.

토요일이다. 요즘은 쉬는 날이 너무 힘들다. 도통 울릴 생각을 안 하는 휴대폰을 끼고 종일 침대 위에서 뒹군다. …… 그래, 초콜릿도 다 떨어졌는데 오랜만에 자위라도 해볼까?

……안 된다. 암만 용을 써도 쎄타(θ)파는 그림자조차 안 보인다. 명상을 하고자 한 것도 아니건만 내 뇌는 짜릿하고 몽롱한 쎄타(θ)파 대신, 그저 잔잔한 알파(α)파를 조금 만들어 내는 시늉으로 날 기만한다. 쾌감은커녕 형체도 없는 잡생각들이 다시 꼬리에 꼬리를 물며 내 영혼을 피폐하게 만들고 있다. ……모든 것은 무심하기 이를 데 없는 그녀 탓이다. 아니, 그녀의 마음 끝자락에 끌려 다닐 수밖에 없는 못나디못난 내 탓이다. 한숨이 절로 난다. 내게 싫증을 내고 있음이 너무나도 명백한 요즘 그녀의 태도……. 문자라도 하나 보내볼까 하다 관뒀다. 상대가 권태기를 느낄 때는 참고 기다려주는 게 제일이라 했다. 하지만…… 며칠이나 더 견딜 수 있을까? 벌써 바닥을 드러낸 내 얄팍한 인내심이 날 더더욱 초라하게 만든다.

뭐든 하긴 해야겠는데……. 다시 요가를 시작해볼까? 아님 재즈댄스라도 배워볼까? 이대로 있다간 아무래도 조만간 미쳐버릴 것만 같다.

사람들의 무관심은 때로 내게 자유라는 날개를 달아주기

도 한다. 어느 날 내가 휴대폰을 바다에 던져버린다면 그것은 곧 연락의 단절, 소통의 끝으로 이어질 것이다. 굳이 날 찾으려는 사람도 없을 것이다. 그것으로 나는 철저히 혼자만의 세계를 가질 수 있을 것이다. 내가 죽든 말든 신경 쓸 사람이 없다는 것은 내가 언제 죽어도 상관없음을 뜻한다. 내가 죽더라도 그리 슬퍼할 사람이 없다는 것은 언제든 가벼운 마음으로 이 세상을 떠날 수 있음을 의미한다. 당연한 일이겠지만, 세상은 내게 그 어떤 배려도 하지 않는다. 내 기분이 어떻든 내가 어디에 누워 있든 날씨는 맑거나 흐리거나 비 또는 눈이 내릴 것이다.

*

동생이 집으로 놀러 왔다.

"웬일로 날 다 찾아왔나? 바람피우느라 바쁠 유부녀께서……."

"비꼬지 마. 끝난 지가 언젠데."

"그래?"

"이제 유부남은 안 건드리기로 했어. 가만 생각해보니까 가정 있는 남자가 틀은 유지하고 살면서 나한테 올인한다는 거, 그건 어쩌면 애당초 불가능한 일인지도 모르겠더라구.

그렇다고 예전처럼 이혼하고 오라고 조를 수도 없는 노릇이고 말이야. ……난 이미 남편 있는 몸이고, 이혼은 나도 하기 싫거든.”

“넌 어쩜 말을 해도 꼭 그렇게 싸가지 없이 하니? ……그래, 어쨌거나 잘 생각했다. 혹시 이혼을 하더라도 다른 남자 땜에 해서야 쓰겠냐. 그런 일 겪게 하면 니 남편이 너무 불쌍하잖아.”

“헤헤…… 알았어. 걱정 마.”

심히 걱정된다. 이 기집애 보고 있자니 공연히 나까지 불안해진다. 이런 비도덕적인 얘기를 일상적인 대화로 주거니 받거니 하고 있는 나 자신에게도 은근히 짜증이 난다. 지끈거리는 관자놀이에 손을 가져가려는데, 동생이 입 꼬리를 얍실하게 말아 올리며 다시 말을 꺼냈다.

“……이번엔 느낌이 꽤 좋아. 정말 멋진 사랑을 할 수 있을지도 모르겠어.”

“이번? 또, 다른 남자가 생겼다고? 벌써?”

“아니, 아직은 그냥 술친구……. 이혼하고 지금은 혼자래. 딱 좋지 뭐.”

“너, 진짜 해도 해도 너무한다. 좀 적당히 할 수 없어? 넌 휴지기도 없냐? 그리고 그렇게 바람만 피워대다가 애는 언제 낳을 거야? 이젠 슬슬 병원이라도 가봐야 하는 거 아냐?”

"애기? ……그야, 생기면 하나쯤 낳는 것도 나쁘진 않겠지. 하지만 일부러 불임클리닉 같은 데 다니면서 용쓸 생각은 없어. 솔직히 애 낳으면 몸매 망가지고 뱃살 처지고 게다가 내 시간도 없어지고, 여자로서 잃는 게 너무 많잖아? ……그리고, 뭐? 휴지기? 하루하루가 아쉬운 삼십 대 중반에 그럴 여유가 어딨어? 더군다나 에프, 이, 이, 엘! '필'이 팍팍 꽂히는데, 그걸 어떻게 놓쳐?"

말린다고 들을 기집애도 아니고, 그렇다고 지 남편한테 일러바칠 수도 없고…….

습관처럼 휴대폰을 펼쳤다 닫으며 중얼거렸다.

"도대체 그놈의 사랑이란 게 뭐길래……."

"언니도 좀 즐기고 살아. 그렇게 웅크리고 산다고 누가 알아주는 것도 아닌데."

나도 모르게 욱했다.

"웅크리긴 누가 웅크려? 나도 마음 가고 몸 가는 애인 있어! 한 번씩 신명나게 뒹굴기도 한다구! (요즘 좀 뜸하긴 하지만…….)"

"그래? 그거 참 축하할 일이네. 그럼 마흔 되기 전엔 웨딩드레스 입는 거야?"

"그야, 뭐……. 흠, 흠, 난 아무래도 결혼 체질은 아닌 것 같아서 말이지."

"하긴. 언닌 능력도 있으니까 굳이 결혼할 필요는 없겠네."

"……."

"참, 언니. 어디서 들은 얘긴데 말야. 우리 뇌는 자신의 유전자와 조합해서 가장 이상적인 2세를 만들어낼 수 있는 유전자를 본능적으로 감지한대. 그래서 그런 유전자를 지닌 상대를 만나게 되면 뇌가 저절로 종족 번식을 위한 작업에 착수하고……."

"작업?"

"거 왜, '도파민' 이나 '페닐에칠아민' , '옥시토신' 같은 화학물질들의 분비 말이야."

들어본 단어들이다. 도파민은 영혼을 매료시키고 페닐에칠아민은 제어하기 힘든 열정으로 터질 듯 가슴을 부풀리고 옥시토신은 끌어안고 싶은 성적 충동을 야기한다고 했었지 아마.

"그러니까, 우리가 객관성이나 판단력에 혼란을 일으키면서 얼추 미친 듯 사랑에 빠지는 건 다 그 화학물질들 때문이란 얘기야. 우수한 종족 번식을 위해 뇌에서 차례로 흘러나와 칵테일처럼 섞이는 그 분비물들……. 히히. 어때, 신기하지 않아?"

"말도 안 돼. 그럼 동성애자들의 사랑은 어떻게 설명할 건데? 사실 다 드러나지 않아서 그렇지, 서로 아끼고 사랑하는 동성애자들이 얼마나 많은 줄 알아? 네 말대로 정말 사랑이 종족 번식을 위한, 본능적인 뇌의 작용에 불과한 거라면 동성을 사랑할 일은 없는 거 아냐?"

"음……. 동성애는…… 어차피 조합이 불가능한 유전자를 상대로 이런저런 화학물질들을 부질없이 쏟아내는 경우니까…… 그런 사람들은 아마도 뇌에 어떤 치명적인 문제가 있는 걸 거야."

"……허!"

나도 모르게 뜨거운 콧김을 허공에 내뿜었다. 그 말대로라면 나는 뇌 기능에 심각한 장애를 지닌 여자가 된다. 혈압은 올랐지만 레즈비언으로서 분개하는 모습을 동생에게 보여줄 수는 없는 일이다. 빼근해진 뒷목을 말없이 주물렀다.

"근데 언니, 무엇보다 주목할 만한 건 그 화학물질들이 분비되는 기간이야. 과학자들이 연구한 바에 따르면 그것들이 한 대상을 향해 분비되는 기간은 평균 18개월이고 제아무리 길어야 30개월을 넘기지 못한다거든. ……결국 미련이나 집착, 또는 끈끈한 정이나 책임감 따위의 부산물이 개입되지 않은 순수하고 자연발생적인 사랑은 암만 길어봤자 그 기간 안에 끝날 수밖에 없는 거지. 슬픈 얘기지만 짧으면 몇 달, 길면 이 년 반, 그게 사랑의 수명이야. 피할 수 없는 현실이고……."

"만약 30개월 넘게 이어지는 순수한 사랑이 있다면, 그땐 어쩔래?"

"만약에 그런 사랑을 하는 사람이 있다면…… 그건…… 아마 희귀동물이라 불러야겠지?"

"희귀…동물이라……."

졸지에 '뇌기능장애를 지닌 희귀동물예비군'으로 전락해 버린 내 우울함을 알 턱이 없는 동생이 다시 얄밉게 생글거리며 제가 꺼낸 이야기의 주제를 또박또박 말갛게 풀어놓는다.

"어쨌거나…… 자연스런 감정이 이끄는 대로 솔직하게 살다 보면 누구나 바람둥이가 되기 마련이란 걸 과학이 증명해 준 셈이지 뭐!"

19금 WXY

눈물

나는 지금 울고 있다. '남자는 울면 안 된다'는 어릴 적 엄마의 가르침을 무시하며 엉엉 울고 있다.

왜 우냐고? 성폭행을 당했기 때문이다. 친구 집에 놀러 갔다가 친구의 누나에게…… 친구랑 기분 좋은 술을 마시고 지하철이 끊겨서 들렀다가…….

한참 달게 자고 있는데, 뭔가 요상한 느낌이 들어 눈을 떴더니 뚱뚱하고 못생긴, 친구의 누나가 내 위에서 제 오줌 누는 물건으로 쌕쌕거리며 엉덩이를 들썩이고 돌리고…… 열심히 문지르고 있었다.

나는 너무 놀라 '읍' 소리도 나오지 않았다. 게다가 내 머리와는 상관없는 하반신이 이미 꼿꼿하게 서서 요동을 치고 있었다. 오래 못 가 사정까지 해버렸다.

이런 빌어먹을…… 어쩌다가 내 첫 경험이 이렇게…….

점쟁이 아저씨

철학관에 왔다. ……그냥…… 요즘 생활이 하도 갑갑하고 심심해서 뭐 어떤 일 좀 일어나 줬으면 하고, 또, 미리 알아보고 싶은 생각도 들고 해서(혹시 나쁜 거 있으면 예방도 할 겸).

두 시간 넘게 기다리다 드디어 점쟁이 아저씨 방에 들어갔다.

까무잡잡한 얼굴에 왜소한 남자가 모시저고리를 입고 담뱃대를 탁탁 털며 나를 맞이했다.

"어서 오슈."

그러고는…… 내 한자 이름을 적고 생년월일을 적고 나무작대기를 오른손 왼손으로 각기 몇 개씩 뽑으라더니 돋보기까지 들여다봐가며 풀이를 한다.

"남자 끊길 일이 없겠구먼. 돈도 아쉬울 날이 없겠고. 근데, 뭐 하러 오셨수?"

"그게…… 그럼, 지금 만나는 사람이랑은 헤어져도 되나요? 금방 좋은 사람 또 생기는 건가요?"

딱히 설레고 두근거리는 감정 없이, 이미 타성에 젖은 관계였다. 하지만 헤어지고 난 후의 허한 느낌이 두렵다고나 할까. 그래서 난 언제나 새로운 남자가 생기고 나면 그때서야 헤어짐을, 이별을 입에 담아왔었다.

점쟁이 아저씨가 말했다.

"근데, 이거, 아무래도 액땜을 좀 해야 되겠구먼. 가만뒀다가는 몇 달 넘기는 남자가 없겠어. 이래서 결혼을 하겠어, 어디?"

"네? ……액땜…이요?"

나는 처음에 흔히들 하는 '부적' 이나 '기도' 를 얘기하는 건 줄 알았다. 하지만 그는 그런 것을 말하는 게 아니었다. 내 XX에서 나쁜 액운을 씻어내야 한다는 것. 우선 음모를 한 움큼 잘라 불사르고, 부적을 적어서 돌돌 말아 XX에 꽂았다가 꺼내 태우고 그러고는 물에 타서 그 물로 아랫도리를 구석구석 씻고 헹궈내야 한다는 것…….

말이 잘 안 나왔다.

"무슨…… 그…런……."

"잘 생각해보슈. 마침 뒷사람도 없고 잘됐구먼. 따로 예약하고 어쩌고 할 필요도 없이, 맘 편히."

그의 권유에 따르기로 했다. 한 번 부끄러움으로 내가 독

신녀로 사는 걸 피할 수만 있다면, 단란한 가정을 꾸릴 수만 있다면…….

그는 한지에 빨건 색의 글과 그림으로 부적을 그리기 시작했다.

옆에서 들여다보고 앉았자니 어지럽고 몽롱해진다.

……이윽고……

부적이 완성되었다.

"옷 벗고 거기 누워보슈. 아, 팬티는 이리 주고."

……이왕 이리 된 거…… 나는 시키는 대로 움직이고 하라는 대로 했다.

그는 내 벗은 몸을 슬쩍 훑어보더니 이내 서랍에서 큼지막한 가위를 꺼내 음모를 한 움큼 쥐어 잘랐다. 그리고 팬티에 싸서 항아리에 집어넣어 담뱃대로 불을 붙였다. 그런 다음, 완성된 부적을 돌돌 말아 쥐면서 말한다.

"다리를 벌려야 이게 들어가지."

그는 그 부적을 바이브레이터라도 되는 듯 음부가 아프도록 이리저리 휘저으며 십여 분을 중얼댔다.

……

이윽고 다 젖어 미끈거리는 부적이 내 음부에서 나왔고 그

역시 항아리 안에서 태워졌다.

매캐한 연기를 남기며 다 타버린 내 음모와 팬티와 부적…… 그는 항아리 안에 물을 부어 새까만 재를 씻어 대접에 옮겨 담았다. 그리고 커다란 붓을 쥐고 그 재가 둥둥 떠다니는 물로 내 XX를 씻어냈다. 대음순, 소음순, 음핵까지 몇 번씩이나 꼼꼼히 씻더니 그 커다란 붓을 질 속에 집어넣기까지 한다.

드디어 그가 붓을 놓으며 말했다.

"자, 이거 한 방울도 남기지 말고 다 마셔."

남자들 정액은 수없이 삼켜봤으면서 이건 어째 이리 비위가 상하지. 내 건데…….

어쨌거나 시키는 대로 단숨에 마셔버렸다. 그리고…… 다 끝났나 싶어 옷을 입으려는데 갑자기 점쟁이 아저씨가 자신의 아랫도리를 꺼내, 내 입안으로 들이밀었다.

"잘 빨아야 부정이 안 타……."

내심 이게 뭐하는 짓인가, 정말 효험이 있는 일인가, 비싼 돈 내고 강간당하는 건 아닌가 싶기도 했지만 벌써 벌어진 굿판……. 그의 아랫도리를 목젖까지 깊숙이 받아들이고 최선을 다해 그의 쾌감을 유도했다. 어느 정도 기분이 좋아졌는지 그는 내 입에서 그의 아랫도리를 꺼내며 말했다.

"흠, 남자 경험이 정말 풍부한 X이구먼."

그러고는 내 두 다리를 양쪽으로 쫙 벌려 커질 대로 커진 자신의 물건을 삽입했다.

"내 이럴 줄 알았어. 너덜너덜해. 얼마나 벌리고 다녔으면……."

'너덜너덜' 이란 그의 말에 금세 수축이 왔다.

"완전히 말XX구먼, 이거."

'말XX' 라는 말에 또 금방 수축이 왔다.

"좀 조여 봐. 꽉 물어보라구, 꽉. 이 걸레 같은 X아!"

'걸레' 라는 말에 또 한 번 수축이 왔다.

적어도 오십은 되어 보이는 나이 탓인지 내가 경험했던 그 많은 남자들 중 가장 테크닉이 뛰어났다.

이윽고…… 옷을 입고 머리를 매만지고 있는 나를 빤히 쳐다보며 그가 물었다.

"어때, 기분은."

"……아, ……예……."

"내가 전화하면 바로 달려오고 싶을 거라는 생각은 안 드슈?"

"……."

"내가 홀아비라서 말이야. 처자처럼 벌리고 다니는 여자도 드물고…… 언제든 벌리고 싶으면 와요, 내 열 일 제쳐두고 찔러줄 테니…….”

방금 끝내놓고 또 찔끔 젖어온다.

“……네…….”

담배에 불을 붙이며 그가 말했다.

“만 원만 내요. 돈 안 받고 싶지만 안 받으면 효험이 없어서리…….”

‘백만 원짜리라더니 만 원이라…… 무지 시원한 아저씨네…….’

팬티 없이 치마만 두르고 철학관을 나왔다.

‘그럼 또 보자’ 는 그의 말 때문인지, 자꾸만 아랫도리에 맥이 느껴진다. 씨익 웃던 그의 얼굴도 은근한 매력이 있었다.

그나저나…… 가만……

이게 효험이 있게 되면……

저 아저씨랑 결혼하게 되는 건가……? 설마…….

당신은 무슨 일로
그리합니까?
홀로이 개여울에 주저앉아서

파릇한 풀포기가
돋아 나오고
잔물은 봄바람에 해적일 때에

가도 아주 가지는
않노라시던
그러한 약속이 있었겠지요

날마다 개여울에
나와 앉아서
하염없이 무엇을 생각합니다

가도 아주 가지는
않노라심은
굳이 잊지 말라는 부탁인지요

—〈개여울〉 김소월

작가후기

삶도……

사랑도……

섹스도……

어차피…… 모두……

그로테스크한 것 아닐까 생각해봅니다……

박삼교희